相约名家·冰心奖获奖作家作品精选

高长梅　王培静／主编

纸条做成的炮弹

侯发山 著

九州出版社 JIUZHOUPRESS | 全国百佳图书出版单位

图书在版编目（CIP）数据

纸条做成的炮弹 / 侯发山著. -- 北京：九州出版社，2013.5
（2021.7 重印）

（相约名家·冰心奖获奖作家作品精选 / 高长梅，王培静主编）

ISBN 978-7-5108-2079-3

Ⅰ. ①纸… Ⅱ. ①侯… Ⅲ. ①小小说 – 小说集 – 中国 –
当代 Ⅳ. ①I247.8

中国版本图书馆CIP数据核字（2013）第084971号

纸条做成的炮弹

作　　者　侯发山　著
出版发行　九州出版社
地　　址　北京市西城区阜外大街甲35号（100037）
发行电话　（010）68992190/3/5/6
网　　址　www.jiuzhoupress.com
电子信箱　jiuzhou@jiuzhoupress.com
印　　刷　北京一鑫印务有限责任公司
开　　本　710毫米×1000毫米　16开
印　　张　10
字　　数　144千字
版　　次　2013年5月第1版
印　　次　2021年7月第10次印刷
书　　号　ISBN 978-7-5108-2079-3
定　　价　36.00元

出版说明

　　冰心是我国现代文学史上著名的作家，她的儿童文学作品和散文在中国文学史上占有重要位置。

　　这里所说的"冰心奖"包括"冰心儿童文学艺术奖"和"冰心散文奖"。

　　"冰心儿童文学艺术奖"创立于1990年。创立以来，它由最初的单一儿童图书奖，发展为包括图书、新作、艺术、作文四个奖项的综合性大奖，旨在鼓励儿童文学作品的创作出版，发现、培养新作者，支持和鼓励儿童艺术普及教育的发展。其中，"冰心儿童文学新作奖"与"宋庆龄儿童文学奖"、"陈伯吹儿童文学奖"、"全国儿童文学奖"并称国内四大儿童文学奖。

　　"冰心散文奖"是一项具有权威的全国性的散文大奖。冰心生前曾是中国散文学会名誉会长，"冰心散文奖"是遵照其生前遗愿而设立的，旨在彰显我国散文创作的成就，不断评选出题材广泛、思想敏锐、着力表现现实生活，创作形式风格多样的优秀散文。"冰心散文奖"是与"茅盾文学奖"、"鲁迅文学奖"并列的我国文学界散文类最高奖项，也是中国目前中国散文单项评奖的最高奖。

　　《相约名家·冰心奖获奖作家作品精选》共收录近年来荣获"冰心儿童文学艺术奖"和"冰心散文奖"的三十位作家的作品。这些作品无论是小说还是散文，或抒写人间大爱，或展现美丽风光，或揭示生活哲理，或写实社会万象，从不同角度给青少年读者以十分有益的启迪。

　　随着中小学课程改革的深入与发展，让中小学生多读书、读好书早已成为共识。我社推出本套大型丛书，希冀为提升中国的基础教育、为青少年的健康成长尽一份力。

九州出版社

目录
C O N T E N T S

第一辑

最好的礼物

哥儿俩赛跑

　　兄弟两个每逢遇到争打不停的事情时，就比赛跑步。久而久之，这似乎成了规矩。在弟弟的印象当中，每次赛跑，哥哥总是跑不过他。

　　记得小时候，有一次临近年关，爹去镇上赶集置办年货，顺便买回了一顶新帽子。哥儿俩高兴得不行，争抢着要戴。哥哥说，我是老大，帽子应该让我戴。弟弟说，我是小的，帽子应该归我。爹把帽子举起来，看看这个，瞧瞧那个，不知道该把帽子给谁。娘埋怨爹，说你要买买两个，买一个咋整呢？爹不自然地"嘿嘿"一笑，说割了肉，买了鞭炮，剩下的钱就只能买一顶帽子了。弟弟说让我和哥赛跑，谁跑得快，帽子就归谁戴。爹看了看哥哥。哥哥点头同意了。比赛路程就是村头到村尾，不足一千米的路。比赛开始后，哥儿俩都攒足了劲像两匹脱缰的野马撒腿就跑。两个人的体力差不多，几乎是一前一后，当然是哥哥在前，弟弟在后。弟弟急了，索性甩掉身上的棉袄，赤着上身跑起来……哥哥就在别人的惊呼声中一愣神的当口儿，被弟弟超过了。弟弟赢了，戴上了新帽子。

　　当哥儿俩长大的时候，日子依然好不到哪儿去，哥哥过了三十岁还没找到媳妇。爹急，娘也急，花光了家里所有的积蓄，最后托人从四川领回来一个女人。

　　按照爹和娘的意思，这个四川女人应该给哥哥当媳妇，弟弟还小，以后娶媳妇的几率比哥哥高。可是，弟弟不干，非要娶了这个女人，甚至给爹闹，给娘吵。弟弟说，我今年已经二十九岁了，再不结婚过了三十岁更不好找了。一时间，搞得家里乌烟瘴气，很不和谐。爹愁眉不展，不住地叹气。娘呢，想起来就掉眼泪，责怪自己没本事，让孩子跟着自己受委屈。

哥哥就建议，跟弟弟赛跑，谁跑得快谁就娶了这个四川女人。

哥哥比自己大六岁，不一定就能跑过自己。弟弟想了想，很愉快地答应了。

既然是哥哥提议的，爹和娘也没啥好说的，再说，不管谁娶，都是他们的儿媳妇，索性任由两个孩子去折腾。

比赛地点还是村头到村尾。比赛一开始，弟弟就跑到了哥哥的前面。弟弟累得脸色苍白，上气不接下气……等他跑到终点，累得泥一般瘫到地上，哥哥还落下了好大一截。

规矩是哥哥立下的，那就按规矩办吧。在一阵《百鸟朝凤》的唢呐和"噼里啪啦"的鞭炮声中，弟弟当上了新郎官。哥哥跑前跑后地招呼客人，丝毫看不出他的不高兴。爹和娘的心这才都松了一口气，心里的愧疚减少了几分。

尽管后来的日子富裕了，因为年龄的缘故，哥哥也一直没找下媳妇。

大概是前年吧，娘得了肾衰竭，需要换肾。哥儿俩都很孝顺，争抢着给娘换肾。医生说，你们兄弟两个先别争，需要配型，只有配型合适才能换。

二十天后，配型结果出来了，哥哥和弟弟都可以给娘换肾。这下，两个人又争开了，都说是自己最合适的人选。

哥哥又建议，跟弟弟赛跑。

弟弟两眼一亮，说谁跑得快谁给娘换肾。他想，哥哥上了年纪，不一定就能赢了自己。

比赛场地还是村头到村尾。然而，出乎弟弟的预料，这一次他输了，而且输得很惨，尽管他累得上气不接下气，差点吐血，还是没撵上哥哥——哥哥从开始落在后面，当跑到三分之一的路程时超越了弟弟，一直跑到终点弟弟也没撵上他。

弟弟不甘心，还想跟哥哥争。哥哥狡黠一笑，说咱哥儿俩不能坏了规矩。

弟弟只能眼睁睁地看着哥哥进了病房。

病房外，四川女人，也就是弟弟的媳妇，忍不住告诉丈夫，说在这段时间里，哥哥每天半夜都起来跑步！

弟弟瞪大眼睛瞅着自己的女人，恶狠狠地说，你为啥不早告诉我？你说啊？说罢挥拳要打她。一旁的爹拦住了他，说你知道吗？为了让你娶上媳妇，那一次赛跑，你哥哥是故意输给你的。

弟弟愣了一下，心里一热，隔着病房的玻璃对着哥哥忘情地叫了一声：哥！

哥哥朝弟弟潇洒地摆了摆手。

望着哥哥的笑脸，弟弟一下子泪流满面。

打赌

磊磊是初二二班的学生，他调皮捣蛋，平时不好好学习，经常违反学校纪律，打架斗殴，捉弄同学，哪个老师都拿他没办法，班主任没少家访，学校也没少做他的工作，但好不了三天，就又我行我素。这不，舒淇老师刚调到这个班级，他就又惹下了事。他趁坐在前排的真真不注意，偷偷用小刀把她的辫子割掉了。真真发现辫子没有后，伤心地趴在课桌上哭起来。当时正是舒淇老师代课，她了解事情真相后，顾不上教训磊磊，狠狠瞪了他一眼，把真真叫出了教室。

教室里一下子乱了套，有人说这回磊磊把马蜂窝捅大了，有他好看的，舒淇老师非教训他不可；有人拍磊磊的马屁，说他真伟大，真英雄，舒淇老师一到这个班就给个下马威……磊磊呢，一副死猪不怕开水烫的样子，根本不在乎。他相信，舒淇老师也没有三头六臂，同样拿他没办法。

正当同学们议论纷纷的时候，真真回来了。看她的表情，不是那么伤心了。随后，舒淇老师也跟着进了教室。

舒淇老师站在讲台上，微微一笑，说磊磊，我们打一个赌好不好？

磊磊愣怔了一下，没想到舒淇老师要和他打赌，他看了舒淇老师一眼，疑惑地说，赌什么？

舒淇老师说全班54个同学，你入班时的成绩排名倒数第一，咱不说期中，如果你期末考试能考到前20名，我就把头发剪了，剃成一个光头！

舒淇老师二十出头，有一头乌黑的长发，显得很精神，很漂亮。如果剃成光头，那还不难看得要死，成丑小鸭了？不只磊磊，全班同学都张飞穿针，大眼瞪小眼，不知道舒淇老师的葫芦里卖的什么药。

舒淇老师盯着磊磊，淡淡一笑，说怎么？不敢吗？如果不敢跟我打这个赌，就不要欺负女同学，就要遵守班级的纪律。

磊磊头一扬，说赌就赌！但你也要说话算数。

舒淇老师说大家都听着呢，我保证说话算数。

嗨，你别说，自从跟舒淇老师打下这个赌后，磊磊变了，把全部心思都用在了学习上。他遇到不懂的问题，就请教老师和同学，上课积极发言……他的学习成绩在逐渐提高。当然，由于一心学习，也就顾不上扰乱课堂秩序，违反学校纪律了。

大家都猜测，这个赌舒淇老师非输不可。但是，舒淇老师很自信，说磊磊是什么样的学生我知道，不见得他就能赢。这话传到磊磊的耳朵里，他冷冷一笑，说凭我的聪明，把学习撵上去，考个好成绩还不容易？鹿死谁手还不一定呢。

很快，期末考试就要开始了。在考试前，舒淇老师还特意给磊磊打了个招呼，说磊磊，决定胜负的日子到了，别忘了我们之间的约定。

磊磊狡黠一笑，说老师放心，我一定能考出个好成绩。

当成绩揭晓后，老师和同学们都不敢相信自己的眼睛，磊磊的成绩在班级排名第10位。

在课堂上，舒淇老师对全班同学说，大家都记得我和磊磊打的赌，磊磊赢了。说罢，舒淇老师摘下了她的假发套，露出了明亮的光头。

除了真真，全班的同学都呆了。

舒淇老师接着告诉同学们，她先前得了一场病，经过多次化疗，病愈后头发却掉光了。

磊磊站起来，深深地给舒淇老师鞠了一躬：老师，谢谢您！我现在才明白您当初打赌的目的……这场赌您赢了！

舒淇老师甜甜一笑，说不，我们都赢了！同学们说是不是？

顿时，教室里响起了雷鸣般的掌声。

儿子的短信

儿子怎么连个短信也没有？女人一边忍受着病痛的折磨，一边想念着儿子明明。住进医院那天，儿子请假从学校回来过一次，此后再没音讯。

多年来，女人对儿子一直管教严格，教育他要节约，能发信息说清楚的事情，就尽量不要打电话。平时，儿子跟她联系，基本都是发短信。

男人看出了端倪，安慰女人说："明明大学快要毕业了，忙着写毕业论文呢……他回学校去了。"又说："明明压力很大，不要过多地干扰他，有空他会发信息回来的。"

果然，当天晚上，女人就收到了儿子的短信："妈妈，儿子在北京一切安好，请您和爸爸不要挂念……您要安心养病。"儿子在北京上大学。

看着儿子的短信，女人激动地流下了眼泪，顾不上跟男人说话，忙给儿子回复了短信："明明，我这里你不用担心，有你爸照看着呢，你不要分心，先把毕业论文做好……"

大约过了一星期，儿子的短信又来了："妈妈，病好些了吗？你要配合医生治疗，按时服药，最重要的是心情要好……"

女人很高兴，每天都要把儿子发来的短信看上无数遍。

在男人的悉心照料下，曾有很长一段时间，女人的病情得到了有效控制，对于生活，她充满了向往和期盼。儿子是她的骄傲，她渴望在来生能够看到儿子功成名就。

儿子大学毕业了，却没有回来，他发回短信："妈妈，您的病好点了吧？我眼下正忙着找工作，没办法回去。现在就业困难，我不想放过任何一个机会，请您理解好吗？"

女人给儿子回了短信："明明，找工作不要好高骛远，适合自己就可以……"

又过了一段时间，儿子回短信说："我找了个女朋友，北京人，是我的大学同学。"

女人问："女孩长得咋样？个子多高？漂亮吗？父母都是干什么的？有时间把她领回来让我看看。"

儿子在短信里说："我目前正忙着预备出国留学的事情，如果女友家人同意的话，春节就能一起回去看您和爸爸！"

然而，女人等到春节过完，儿子也没回来。儿子发回短信说："妈妈，抱歉，我们不能回去了，单位派我出国考察……您一定要坚强起来，保重身体，等我回去。"

日子一天天过去。通过儿子发来的短信，女人知道：儿子上班了，转正了，加工资了，恋爱了，出国了……

整整三年，儿子没有回来看望女人，一直用短信的方式跟妈妈交流。

终于，女人的病情恶化，在医院的病床上永远闭上了眼睛。

那天，男人打了一个电话。几个小时后，一个二十多岁的男孩走进医院来，把手机放在女人身边，一句话不说，只是默默地流泪。

一个医生不满地瞪了男孩一眼，忍不住埋怨道："你妈妈住了三年医院，你也不回来看一看，这个儿子算是白养了！"

男人强忍着悲痛，给医生解释说："他不是我的儿子明明，是明明的大学同学喜恩，明明患有抑郁症，早在三年前来看他妈一眼后回家就自杀了……"

男人的话把在场的人都说愣了。

喜恩说："叔叔瞒着住院的阿姨，悄悄处理了明明的后事……随后，叔叔把明明的手机给了我，让我定期给阿姨发短信，有不少内容都是叔叔编好后发给我，我再转发给阿姨……"

男人缓缓说道："这三年来，想着儿子，看着爱人，我没有一天不是过着心如刀绞的生活……"

医生对男人说："你这是何苦呢？你这样骗你爱人有什么用处？"

"选择用短信编织谎言，支撑病重的妻子，是我至死也不悔的选择。"男人说，"如果我爱人知道儿子出事，怕是活不了这么长时间。毕竟我又陪伴了她三年，这世上有什么比生命、比活着更大的事情呢？做这一切，是因为我对妻子的爱。在这三年里，我也希望有一天，能有奇迹发生，妻子能够痊愈，她可以承受这个噩耗。这样，我就可以告诉她真相，再让我陪她度过悲伤，去走完漫漫人生长路……"

喜恩说："叔叔，您不要伤心，虽然阿姨走了，明明走了，但我愿意当您的儿子……我会经常来看您的。"

母亲的记性

母亲上了年纪，记性变得越来越差了。

让她按时吃药，她却时常忘记。有时刚刚吃过，她又记不得自己是否吃过，若不是有人在跟前提醒，怕是要吃出事来。炒菜时，不是忘记放盐了，就是多放了一次。米袋子常年就没挪过地方，她却经常找不到……鉴于此，我们几个做儿女的决定给她找个保姆。母亲听说后，坚决不同意，说她还小着哩，啥活都能做。

呵呵，母亲都年过古稀了，却自称年轻着哩，真是的。也难怪，父亲下世早，母亲拉扯我们几个儿女过日子，不要强行吗？

妻子忍不住抢先说道，妈，您的忘性大，一旦有个闪失，我们做晚辈的谁也担待不起。

母亲说，没事，我的记性好着呢。

这话让在场的几个人面面相觑，以为母亲吹牛。

母亲似乎看破了我们的心思，说，不信？咱全家人的生日我都记得一清二楚。

我说，大姐的？

母亲笑了笑，说，小山，这个难不倒我。你大姐是二月二十六早上出生，生你大姐那天下着大雪，你爹出去借小米，雪都把门封住了。那时家里没吃的，我饿得心慌，也没有奶水，你大姐嗷嗷直哭，嗓子都哑了几天呢，差点饿死。

大姐是六十年代出生，正是三年自然灾害时期，家家户户的日子都好不到哪儿去。老人把几个孩子养大，吃了多少苦？遭了多少罪？怕是一言难尽。

我说，妈，我的生日是哪一天？

十月初九半夜出生的。母亲顺嘴说道。

我在镇上读高中的时候，接连三年，每逢到了我生日的那天，母亲都要赶到学校，给我送去两个煮熟的鸡蛋。母亲说，吃了两个鸡蛋就能考100分。其实我心里清楚，尽管那时已经改革开放了，日子也仅仅是解决了温饱。家里喂了几只鸡，鸡蛋也舍不得吃，都用来换钱了。

家宝的生日是哪天？妻子问道。家宝是我的儿子。

腊月初九。母亲说，你刚生下家宝，小山就给你买来烧鸡、猪蹄，乖乖，可比我当年强多了。生小山的时候，只喝小米汤、红糖水。那时家家的日子都不好过，说生孩子的人喝小米汤、红糖水才是大补。后来才知道，是当时穷，买不起大鱼大肉，老辈人欺哄我们呢。

接下来，几乎把家里人问了个遍，母亲都记得每个人的生日，包括两个儿媳的。

妈，阴历六月初六是谁的生日？我冷不丁问道。

咱家人的？母亲皱着眉头问道。

我点点头，是啊，咱家人的。

母亲歪头想了半天，也猜不出是谁的。她不死心，又掰着指头一个一个查：秋兰的？不是。小红的？不是。家宝的？不是。小山的？不是……查到最后，母亲捣了我一指头，说小山你别忽悠我了，不是咱家人的。

我强忍住眼里的泪，动情地说，妈，六月初六是您的生日啊！

母亲却摇摇头，说六月初六也不是她的生日。

妻子一脸困惑地说，妈，这几年不都是在这一天给您过生日吗？

母亲叹道，我生在解放前，是在逃荒路上出生的，是吃百家饭长大的。小时候，日子紧巴，谁过过生日？时间长了，我也不记得自己的生日是哪一天。等我出嫁的那天，我问娘，娘说她也不记得了，就把我出嫁的日期当做了我的生日……

没等母亲说完，我眼里的泪再也藏不住了，噗噜噜滚了出来。

纸条做成的炮弹

那是1938年的初夏，法国青年施罗克利用假期到德国旅行。他喜欢异国他乡的木屋、牧场、葡萄园，还有古堡、钟楼和宫殿，踏着格林兄弟的足迹，仿佛置身于童话般的景致中。他在旅途中认识了德国姑娘娜娜，娜娜温柔善良，热情大方。两个人一见钟情，很快就坠入了爱河，爱得一塌糊涂，恋得如胶似漆。

他们泛舟莱茵河上，一边观赏着矗立在岸边的罗累莱山岩，一边憧憬着美好的未来。施罗克说等他学业结束，就来接娜娜去巴黎，让她见识埃菲尔铁塔的雄姿，领略香榭丽舍大道的风情，感受巴黎圣母院的神秘……娜娜幸福地依偎在施罗克的怀里，脸上洋溢着新娘般的灿烂笑容。她接过施罗克的话题，忘情地说，我们晚上在塞纳河上划着小船，听着肖邦的小夜曲，该是多么浪漫呀。

第二次世界大战的炮火把他们的美梦粉碎了。施罗克不得不与心爱的娜娜姑娘吻别，匆匆返回了法国。从此，两个人天各一方，失去了音讯。

巴黎沦陷后，施罗克作为一名热血青年自愿加入了同盟军，成为一名战斗机的驾驶员。他把对娜娜的思念转化为对法西斯的仇恨。在战斗中，他表现出色，每次都能完成侦察或轰炸任务。每到夜晚，听到前沿阵地上炮弹的呼啸，看到爆炸的火焰照亮天空，他的心就紧紧的，担心娜娜是否被卷入了战争，她的正常生活秩序是否被打乱，甚至想到她是否加入了法西斯侵略者的队伍……他不敢想象，但又不能不去想。如果娜娜被强征入伍去当慰安妇或是护士，她肯定会痛苦不堪度日如年的；假如她不助纣为虐，希特勒的追随者会放过她吗？施罗克祈祷着反法西斯盟军收复失地打败德国的同时，又害怕娜娜受到无辜的伤害成为战争的牺牲品。

美法盟军发起的"龙骑兵"战役出动了近5000架飞机，其中就有施罗克驾驶的一架。伴随着飞机的行动，数百门盟军的大炮昂首齐吼，像雷电打闪一样开始了急袭。天在摇，地在颤，天地似乎要裂开了。施罗克很是激动和兴奋，他完全沉浸在复仇的快感里，飞机一阵俯冲，炸弹成串地朝下面投掷，到处是一片烟和火的海洋。

施罗克驾驶的飞机在低空盘旋着，搜索着攻击的目标。德军的高射炮似乎发现了他驾驶的这架飞机，"飕飕飕"地发射着炮弹。施罗克镇定、沉着，凭着他娴熟的驾驶技术，躲避着炮弹的袭击。猛然，一枚炮弹从侧面飞来，准确无误地打到了他的飞机上。感觉到飞机剧烈地一抖，他就绝望地两眼一闭，似乎要感觉飞机爆炸的那一瞬间。然而，出乎他的意料，飞机只是剧烈地摇摆了几下，并没有意外发生。他大喜过望，心说既然这条命是捡回来的，还有什么可怕的？于是，他又驾驶着飞机勇敢地冲进了敌占区。蓦地，他发现了德军的一个重要军事目标——那是德军占领捷克斯洛伐克后控制的一座大型兵工厂！飞机俯冲下去，他瞄准目标，随着抛下的炸弹，一声尖利的、直刺天空的声音过后，兵工厂内的弹药库爆炸，接二连三的爆炸撼天动地，地面成了红色火海。施罗克下意识地看了一下仪表盘，发现飞机油箱的指针在非正常地闪动，他急忙驾机掉头返回了基地。

　　施罗克驾驶的飞机伤痕累累，惨不忍睹。令战友们惊讶的是，一枚德军的炮弹竟然钻进了飞机的油箱里，就是施罗克看到从侧面打去的那枚炮弹，居然没有爆炸！机械技师小心翼翼地从油箱里取出炮弹，拆开弹体，发现弹壳里根本没有炸药！里面有一张用德语写的小纸条：

　　　我痛恨战争，但我能做的仅此而已！

　　在场的人都哑巴似的沉默不语，脸上充满了对这位反法西斯者的无限敬意。施罗克随意地翻转了一下纸条，突然发现在纸条的背面也有两行字：

　　　亲爱的施罗克，你在哪里？

　　　　　　　　　　　　　　　　　想你的娜娜

　　施罗克的大脑瞬间成了被删除过的存储器，一片空白。当他大脑里的内容恢复后，他的脸扭曲着笑了笑，喃喃自语地重复着几个不连贯的词：炮弹，娜娜，兵工厂，轰炸……

　　后来，盟军在战场上又发现了十几枚同样没有炸药、有着一样内容的纸条的炮弹。

　　1945年第二次世界大战结束后，施罗克被送进了精神病院，一直到死都还是疯疯傻傻的。当然施罗克也不可能知道，在他轰炸那个兵工厂之前，娜娜就因反法西斯行为给察觉而罹难。

补课

放暑假了。

走出学校的大门，一个个同学背着小书包，三五成群，一路上又说又笑，像是归巢的小鸟唧唧喳喳往家里赶。他们终于不用背书，不用做题，可以轻松过一个假期了，能不高兴吗？悦悦和好朋友晓晓、媛媛、花花、芳芳商量好了，相约去北京一趟，去看升国旗，登天安门城楼，看鸟巢，看水立方，上八达岭长城……当然，前提条件是征得爸爸妈妈的同意。

悦悦回到家，只有妈妈一个人在家。悦悦明知故问："妈妈，爸爸怎么还不回来啊？"她知道，在是否去北京玩这件事上妈妈做不了主。

妈妈一边洗菜一边埋怨说："你爸爸还没下班呢……他哪一天回来不到半夜？"

这时候，家里电话响了，是晓晓打过来的。晓晓沮丧地说："悦悦，我去不成北京了……爸爸让我参加暑期培训班，他说我的数学差，让我去补课。"

悦悦惊讶地说："晓晓，这次期终考试，你的数学考了98分，比我还多两分呢。"

晓晓不乐意地说："可是我爸爸说，得不了100分就是有差距，就得补课。"

过了一会儿，媛媛的电话也打了过来："悦悦，我妈妈让我假期补习语文，不让我去北京了。"听话音，媛媛也是很不愉快。

是啊，整日在学校上课学习，好不容易放假了，大人们又让补课，哪个愿意啊？

花花、芳芳先后打电话过来，都说家人不让去北京玩了，都要补课。

悦悦很失望，她们不去了，爸爸不会让自己一个人去的，会不会也让自己去补课呢？自己的学习成绩还不如晓晓好呢……她正在胡思乱想，爸爸下班回来了。

妈妈说："嚅，太阳从西边出来了，今天怎么回来得这么早啊？"

爸爸没理会妈妈的话，看到悦悦撅着嘴，忙说："悦悦，瞧你小嘴撅的，能拴住一条小狗？谁欺负你了？"

"爸爸，学校放假了……你是不是也让我补课啊？"悦悦没有一点底气，说话跟蚊子哼似的。

爸爸愣了一下，然后点点头："对啊，你怎么知道？"

妈妈过来说："刚才悦悦的几个同学都打来电话，说她们都补课。你瞧，一听说补课就不高兴了。"

悦悦不满地瞪了妈妈一眼，对爸爸说："爸爸，你给我补什么课啊？"

爸爸眨巴了一下眼睛，说："你猜猜看。"

"数学？"

爸爸摇摇头。

"语文？"

"NO。"爸爸又摇摇头。

"英语？"

爸爸刮了一下悦悦的鼻子，说："悦悦，不给你补习文化课。"

悦悦的眼珠子骨碌了一下："爸爸，是不是让我学钢琴啊？"

爸爸说："你想学吗？"

"不想学。"悦悦不敢看爸爸的脸，一边猜测爸爸要给自己补习哪门功课。

爸爸说："是啊，你不想学我干吗逼你呢？悦悦，这个假期我要带你去北京玩！"

悦悦又惊又喜地看着爸爸，似乎不相信他的话。

妈妈也诧异地说："你不是说要给悦悦补课吗？你有时间啊？"

爸爸揽过悦悦的肩膀，深情地说："悦悦上学时忙于功课，我平时工作也忙，早上出门悦悦还没起床，晚上下班回到家，悦悦已经睡下了，一直也没有太多机会和悦悦交流，我是想利用暑假这个机会给女儿补上亲情课啊……我已经给单位请了假。"

悦悦兴奋地跳了起来。

西瓜皮和西瓜瓤

在我小的时候，家里特别穷，身上穿的衣服是娘用棉花纺织出来的布做成的，鞋也是娘坐在煤油灯下一针一线纳成的（娘白天要下地干活），吃的粮食是从生产队里分来的，菜是自家种的。总之，家里的生活所需品除了油和盐是用鸡蛋换回来的，根本不需要买什么，也没有钱去买。最让我盼望的是过年，过年可以玩耍，可以吃上肉啃上骨头，可以吃到水果糖，可以放鞭炮……当然，让我幸福的还有夏天，因为夏天我可以吃"西瓜"。

在夏天，爹隔上十天半月要去赶一次集，有时是去修镰头，有时是去买杈把，等等。在我的印象当中，他总要有关紧的事情做，不是去闲逛的。在西瓜上市的时节，爹每次从集市上回来，总要挑回半箩筐别人啃过的西瓜皮——在当时，我认为那就是西瓜，因为爹说那是西瓜，娘也说那是西瓜。娘在清洗爹挑回来的西瓜皮的时候，我就迫不及待地站在娘旁边，不错眼珠地盯着娘手

第一辑／最好的礼物

里的西瓜皮，嘴里使劲咽着口水，生怕一不小心口水就会流出来。娘先是仔细地把一块西瓜皮清洗两遍，随后用刀削去薄薄的一层——把别人啃过的痕迹削掉，这才递给我："吃吧，跟多少年没吃过西瓜似的。"我几乎是从娘手里把西瓜皮夺过来的，然后躲在一边狼吞虎咽地"吃"起来，把西瓜皮残留的红瓤啃完后，又意犹未尽地咂吧了几下嘴，继续去啃西瓜皮，尽管没有红瓤了，没有甜味了，甚至有些发酸，有些碜牙，但我仍不愿意放弃，把西瓜皮颠来倒去地从各个角度去啃，几乎要把西瓜皮啃透，直到只剩下薄薄的一层才停下来，然后去啃下一块……在那个年月，我认为最好吃的水果就是西瓜皮了。

等过了多年，我见到了真正的滚瓜溜圆的西瓜后，竟不知道那就是西瓜，误以为是伪装过的地雷。那个年代放映的电影，一般都是战争片，里面有不少地雷之类的玩意儿。

由于家庭贫穷，我没上几天学，理所当然地继承了爹的衣钵，在家打坷垃种庄稼。当结了婚有了儿子后，我省吃俭用，口里攒肚里挪地供儿子上学，为的是让儿子能够走出农村，在城里找个体面的工作，能够吃上西瓜，不再像我拿西瓜皮当西瓜了。儿子也算争气，考上了高中，考上了大学，毕业后留在了省城。

儿子结婚后要接我和老伴进城享清福去，我们拒绝了。一是住不惯城里的楼房，二是老了毛病多，怕媳妇嫌弃，不待见，三是舍不得相伴了几十年的左邻右舍。我和老伴的身体也还可以，种点庄稼、青菜，蛮可以打发住肚子的。种了两年庄稼后，我突发奇想，改建了塑料大棚，种上了西瓜。

等到西瓜成熟的时候，我特意挑了两个大西瓜，然后坐车进城了。我想让宝宝——我的孙子，尝尝爷爷亲手种的西瓜。其实，我是想他们了，拿西瓜当借口罢了。

当我到儿子家时，儿子和媳妇还没下班，保姆刚把宝宝从幼儿园接回来。我把两个西瓜从编织袋里掏出来，宝宝吃惊地张大嘴巴，说爷爷，你怎么弄来了两个地雷？

我笑了一下，心说孙子怪幽默的，和农村的孩子就是不一样。可是，我发现孙子的表情怪怪的，直直地盯着西瓜，似乎是害怕的神色。莫非他真把西瓜当成地雷了？难道宝宝也没吃过西瓜？想了想，认为这不可能啊。别说城市，现在农村一年四季也都能吃上西瓜了。

我说宝宝，你愣啥？这是爷爷种的西瓜啊！

宝宝看了我一眼，说爷爷，你撒谎，你撒谎。

我给搞糊涂了，说宝宝，爷爷撒啥谎了？

宝宝没回答我的话，而是向厨房里的保姆叫道，姨姨，我要吃西瓜！

保姆答应后，很快端出一盘被切成饼干那样大小的西瓜，西瓜被削去了皮，只剩下红红的瓤，每块上都插有牙签。

宝宝用牙签挑起一块，说爷爷，这才是西瓜！

我恍然明白了，心里酸酸的，十分不是滋味。

一双皮鞋

马老伯急需要买一双皮鞋的钱。

太阳像个火球挂在天上，把大地炙烤得像个蒸笼，闷热闷热的。正是中午时分，马路上除了偶尔穿梭的车辆，几乎没有行人。马老伯背着个鼓囊囊的蛇皮袋，两眼瞪得溜圆，像个寻找猎物的猎人一样，不放过大街上的任何一个角落旮旯。

马老伯是个捡破烂的。

马老伯每到一个垃圾桶跟前，就把关节已经变了形的手伸进垃圾筒，上下左右来回翻动，遇到有价值的东西，就忙掏出来装进身后的蛇皮袋，跟得了宝贝似的，满是皱纹的脸上才露出一丝疲惫的笑容。有时手伸进去，不说摸到什么脏东西，会冷不丁被铁丝、玻璃、碎灯管等利器扎伤，而且这种现象经常发生，好在马老伯已经习以为常了，根本不在乎，好像自己的手是铁手。

天越来越热，马老伯脸上的汗水像小溪似的往下淌，把一张老脸弄得花花搭搭的。蛇皮袋里的东西越来越多，马老伯弓着腰，低着头，上身与下身几乎成了一个直角，每走一步都要趔趄一下，似乎很艰难，但是他并不感到有多累，反而满心的愉悦——蛇皮袋里的东西越多，就能多卖一些钱。他口袋里已经有了180块钱了，那是他多天来的收入。今天捡到的破烂只要能卖到20块钱，就够一双皮鞋的钱了——一双皮鞋200块，他已经去鞋店打听过了。

想到皮鞋，马老伯低头看了看自己脚上的鞋——那是一双布鞋，是老伴死前给自己做的，已经穿了两三年，补了无数次。眼下，两个脚上的几个脚指头都肆无忌惮地裸露在外面。鞋面破了几个洞，已经看不出鞋面面料的颜色了。幸亏是夏天，除了影响市容外，穿起来很是凉爽、舒服。要是冬天，这双鞋该哪远扔哪了，否则，不把脚冻掉才怪哩。

又来到一个垃圾桶跟前。忽然，马老伯的眼睛直了，不，应该说是两眼发亮——垃圾桶外面放着一双皮鞋！这双皮鞋显然是被人丢弃在这里的。马老伯放下肩上的蛇皮袋，长长松了一口气，然后拿起那双皮鞋翻看。两个鞋后跟有些磨损，鞋面有些皱褶，没有其他毛病，大约有七、八成新。马老伯开心地笑了一下。他踢掉自己脚上的鞋，然后换上了那双皮鞋，呵呵，除了稍微大一些外，没有其他不合适的。马老伯心想，如果有双袜子，就合脚了。

说实话，这辈子马老伯还没穿过皮鞋哩，不是不想穿，是舍不得买啊。穿上捡来的皮鞋，马老伯格外高兴，也精神了许多。看看天色还早，又背起蛇皮袋继续走街串巷。

直到废品回收站将要下班，马老伯才背着捡来的垃圾来变卖。东西一件件从蛇皮袋里掏出来，一件件归拢好，然后才过秤或是查数。啤酒瓶12个，每个瓶两角，一共2.4元；饮料瓶43个，每个一角，一共4.3元；废书纸13.8斤，每斤3角，一共4.14元；纸箱10斤，每斤5角，一共5元；一个破铝锅，3斤，每斤3元，一共9元，这几项加到一块，总共24.84元。马老伯接过钱查了好几遍，然后揣在贴身的口袋里，拿手按了几次才觉踏实。这下好了，已经攒够200元，够买一双新皮鞋了。

回到家，儿子正在看电视。大学毕业后，儿子找不到工作，整天呆在家里看电视。

马老伯拿出包好的200块钱给儿子，说给，你买双新皮鞋吧。一个月前，儿子就朝他要钱，说要买一双皮鞋。

儿子漫不经心地接过钱，随手装进了自己的口袋。

马老伯又忍不住对儿子说，嘿嘿，我今天我捡了一双皮鞋！

儿子朝马老伯脚上一瞄，顿时愣住了——父亲脚上穿的皮鞋是他下午刚扔到外边的。

母亲的胃口

在他的印象当中，母亲的胃口一直不好，吃什么都没有食欲。

父亲下世得早，是母亲屎一把尿一把地把他和两个妹妹、两个弟弟拉扯大的。农闲时节，母亲除了给人裁缝衣服补贴家用外，还喂了几只母鸡来维持日常开销。平时家里很少吃鸡蛋，只有在哪个生日的时候，母亲才会煮上五个鸡蛋，他们兄妹五人一人一个。当然，没有母亲的份儿，母亲说她不爱吃鸡蛋。母亲只给他和弟弟妹妹过生日，自己从不过生日。嘴馋的弟弟没少打听母亲的生日，可母亲说她忘记了自己的生日。后来不知道怎么想起来了，她说她的生日是大年初一。弟弟就一脸失望，说过年我吃肉，不吃鸡蛋。

其实，在过年的时候，母亲也只是象征性地割上二斤肉。他们几个看到肉，跟哥伦布发现新大陆差不多，一个个两眼放光，把鼻子凑到肉块前去闻，尽管一股血腥味，还是一个个满嘴生津，不停地往肚里咽口水。幸亏是块生肉，若是块熟肉，只怕当下就给撕吃了。母亲就拿手轻轻拍打在他们的头上，嗔骂他们是饿死鬼托生的。母亲把肉洗干净后，也不炒也不煮，洗上几个大萝卜，搅和在一起剁成了一大盆饺子馅。这饺子馅从初一能吃到十五。用母亲的话说，咱们家是天天过年。弟弟把嘴一撇，不满地说，我连一点肉都吃不到，过的啥年？母亲也不恼，笑了笑说，我在剁饺子馅的时候，你们不都在看着？肉都在馅里，也没跑啊。他知道，之所以吃不到肉味，是因为萝卜太多了。尽管这样的饺子馅，母亲也不吃，每次给他们几个包饺子后，母亲就擀点面条，然后放进一点酸白菜，做成"糊涂面条"自己喝。母亲解释说，她不爱吃肉。他还发现，母亲也不吃水果，自然家里也就很少买水果……

等到后来他和弟弟妹妹一个个长大成人，成家立业，他才意识到，母亲不是没胃口，她是舍不得吃啊。家里穷，有点好吃好喝的，母亲都让给他和弟弟妹妹了。

可是，现在他每次回家给母亲买东西，除了水果母亲偶尔吃点外，不管是天上飞的，还是地上跑的，只要是肉，母亲从来不吃，当然也包括鸡蛋。母亲还责怪他们不该乱花钱。他生气地说，娘，我们现在条件好了，跟从前不一样了，想吃什么都不难。母亲说，我真的不想吃，没有胃口。他就猜测，母亲也许是习惯成自然了，真的没有胃口。

半年前，他得了一种奇怪的病，去了多家医院治疗都没有好转的迹象。母亲着急了，最后打听到了一个专治疑难杂症的老中医。他不忍违了母亲的心意，就随母亲去找了那位老中医。老中医通过"望、闻、问、切"一番后，为难地说，这个病也不是什么难治的病，只是观测着要难一些。母亲问老中医有多难，老中医说需要每天品尝病人的粪便。他不解地问，为何需要尝粪便？老中医解释说，病情的轻重缓急要根据病人粪便的甘苦程度来分辨，然后才能对症下药。

老中医的话音一落，母亲就说没问题，我来尝。

在场的人都吃了一惊，因为这太出乎意料了。他急了，说这怎么可以？

母亲笑了笑，就用一种很轻松很随便的口气说，你的屎我不是没吃过？你小的时候，我一边急着做饭一边照顾你屙屎尿尿，有时忙得手都顾不上洗就和面擀面条了。

就这样，在母亲的一再坚持下，他不得不同意了老人家的决定。

在医院，母亲不顾年迈体衰，白天黑夜地侍候他。只要他拉屎了，母亲就尝上一点点，然后把味道告诉老中医。老中医再结合母亲的感受来开药方。有时，他自己都嫌恶心。可是，母亲却丝毫没有怨言，反而把这当做了一项很愉快的工作。

三个月后，他痊愈出院了。

事后他问母亲，说娘，你品尝我的粪便的时候，就能忍受得了？

母亲朗朗地说，没事的，我的胃口好，什么东西都能吃。

父爱

王栋小的时候不好好学习，在学校听不进老师的课，老师在堂上讲课，他两眼瞅着树上的麻雀打架；回到家里书包一扔，就出去玩耍了，不到吃饭时候不回来，不到天黑不回来……任凭父亲王能好说歹说，王栋是这只耳朵进，那只耳朵出。王能就这一个儿子，宝贝得不行，舍不得打儿子，再说打儿子也不一定就管用啊。这让王能很是伤心和无奈。

王栋上小学四年级的时候，依然顽皮，不求学上进，家庭作业从来不做。班主任张老师很负责，决定到王栋家里进行家访，让王栋的家人配合学校，好好管教一下王栋。王栋不是不聪明，是他根本就没用心学习。如果不扭转王栋厌学的情况，说不定会耽误他一辈子的。

当张老师见到王栋的父亲王能后，才知道王能不是一般的农民，他也是望子成龙心切，恨铁不成钢的，不像有的家长那样，说只要孩子认得自个的名字就中了。更有不像话的家长，根本不让自己的儿女上学，说闺女呢早晚是人家的人，学习没用处；儿子呢，将来长大还不是盖房、娶妻、生子？不如现在就回家跟着自己放羊，将来一样盖房、娶妻、生子。

当着王栋的面，王能对张老师说，我给你写个保证书，保证把王栋教育好。不待张老师回话，王能就从王栋的作业本上"唰"地撕下一张，提笔吭哧吭哧写起来。也真难为了王能，不到三百字，竟写了半个小时。

张老师接过王能的保证书，笑了，笑得前仰后合，眼泪都出来了。

王能愣愣不解，说张老师你笑啥？我写得不好吗？

张老师把纸条递给旁边的王栋，说王栋，你看看，看你父亲写的什么。

王能接过纸条，瞄上两眼，狠狠瞪了王能一眼，说爹，你叫"王能"，咋写成"王熊"了呢？

王能看了看张老师，看了看王栋，说咋？我写错了，我写的就是王能啊？

王栋不满地看了王能一眼，说"能"字下面没有四点。

王能的脸"唰"地红了，说嘿嘿，我没上几天学，认的字少……张老师你别见笑啊。

然而，这事还是不胫而走，村里人都不喊王能了，改叫他王熊了。

王能很是抬不起头，他语重心长地对王栋说，儿子，爹是吃了没文化的亏……你要好好学习，为爹争口气啊。假如你将来没有出息，没有姑娘会嫁给"王熊"的儿子的！

王栋就给王能作保证，说爹，您放心，我一定好好学习！

从此，王栋一改过去的懒惰，发愤读书。

多年后，王栋终于考上了一所名牌大学。当他回到母校时，特意去向张老师表示感谢时，张老师告诉他，你最应该感谢的不是我，是你的父亲！

王栋怔了一下，我父亲？

张老师说，王栋，你认为你父亲真的连他的名字都不会写吗？他是故意把"王能"写成"王熊"的！

父亲的日记

父亲今年六十多岁了，似乎患上了老年痴呆症，搞得我很心烦。

窗外有燕子飞过。他说："儿啊，那是什么鸟啊？"我正在电脑前打着游戏，不耐烦地说："爸爸，您老糊涂了？那是燕子。"父亲恍然明白过来似的，说："哦，是燕子啊。"接着，父亲就自得其乐地唱起来："小燕子，穿花衣，年年春天来这里，我问燕子你为啥来，燕子说，这里的春天最美丽……"父亲唱得五音不全，很难听。我刚想嘟囔他几句，想了想，还是忍住了。父亲一边唱一边笨手笨脚地跳着，像是在跳舞。忽然，他一不小心碰到了桌子上，桌子上的一只茶杯滚落到地上，"啪"的一声碎了。他吓坏了，呆呆地看着我。我顿时火冒三丈："爸爸，你安静点行不行？桌子没长眼睛你也没长眼睛啊？几十岁的人了，咋还跟个顽童似的？这只杯子几十块钱呢，我才用了不到一个月哩。"父亲讪笑着，像个做了错事的孩子一样不知所措，茫然地看着我。我瞪了父亲一眼，然后继续打游戏。父亲说："我想吃冰激凌。"我头也没抬，说："爸爸，等会儿我给你买啊。"

有一天，我看到了父亲的日记，其中有一篇日记是这样写的：

儿子今年两岁了，非常活泼可爱，我很喜欢他。

窗外有燕子掠过。他说："爸爸，那是什么鸟啊？"我忙放下手头的活计，用指头轻轻刮了一下他的鼻子，说："小笨蛋，我昨天不是给你说过吗？那是燕子，每年春天都要来的。"儿子咯咯笑了。过了一会儿，儿子又指着窗外翩翩飞舞的燕子，问我："爸爸，那是什么鸟啊？"我耐心给儿子解释道："儿子，那是燕子。"接着，我就教儿子唱《小燕子》。儿子奶声奶气地跟着我唱："小燕子，穿花衣，年年春天来这里，我问燕子你为啥来，燕子说，这里的春天最美丽……"儿子唱得完全跑了调，但我还是拍拍手："儿子，你真棒！比李双江唱得还好！"儿子得到鼓励，一边唱一边跳着。忽然，他一不小心碰到了桌子上，桌子上的一只茶杯滚落到地上，"啪"的一声碎了。儿子吓坏了，"哇"地哭开了。我忙把他搂在怀里，一边给他擦泪，一边安慰他："宝贝别哭，疼不疼？让我看看。等一会儿我打桌子，谁让它不长眼睛哩？杯子碎了没关系，下午我再给你买一个。"儿子这才渐渐不哭了。过了一会儿，儿子说："爸爸，我想吃冰激凌。"我忙说："好，我现在就带你去买。"

我悔恨交加，一下子泪流满面："爸爸，儿子不孝，儿子对不起您……"可是，父亲再也听不到我的声音了——父亲已经去世——我是在整理父亲的遗物时，看到了他老人家的日记。

特殊的嫁妆

　　等米香安顿男人睡下，忙罢家务，已经是夜里十一点钟了。她拉熄灯，散了架似的躺在男人身边，虽然浑身上下酸疼酸疼的，她却毫无睡意——老二孩子，早几天就要钱，说老师让交钱做校服，她推辞着一直没有给。不是她推辞，是家里没钱啊。老大孩子明天也该回来了，他下个月的生活费却还没有着落……想到这里，米香眼里的泪就无声地流了出来。

　　米香，你哭了？男人说着话，就伸手往她脸上摸。

　　原来男人并没熟睡过去。米香心里一惊，忙把男人的手给挡了回去。

　　两人半天无话。屋子里死一样静。

　　米香，咱们还是离了吧。男人说道。

　　连同这一次，这个话题男人已经提过三次了。

　　不！不离！米香哽咽道。

　　男人努力使自己笑出声来，说米香，你太苦了，听我的话，就再走一家吧，也只有这样，咱的两个孩子才能顺利完成学业。

　　男人不幸遭遇车祸，造成终生下肢瘫痪。两个孩子，一个在上初中，一个在读小学。为了给丈夫看病，不但花光了家里仅有的一点积蓄，而且借了一屁股的债……先前，男人在外打工，米香忙罢家里忙地里，日子虽然辛苦，也还有个盼头，逢年过节，家里也还热热闹闹的。现在倒好，家里的顶梁柱一下子倒了，所有的担子一下子压在了她的身上。不说别的，仅男人就够米香一个人忙活的。男人躺在床上，大小便失禁，伺候他吃喝，给他掏屎刮尿，擦洗身子，换洗衣服。男人出事后，脾气变得越来越暴躁，常常无事生非，有时指桑骂槐骂米香，有时绝食……就这样，米香心里无论有多苦有多难有多委屈，也还得耐着脾气，任凭男人撒泼，等他平静下来后，再去劝慰他……

想着想着，米香眼里的泪流得更欢了，后来忍不住，终于唏嘘有声地哭起来。

男人叹口气，说离吧，这是没有办法的事情。说实话，我也实在不愿离啊。

米香忍住哭泣，说我离了，你咋办？

男人说你别管我，只要你和孩子有个出头之日就好。

米香想了半天，才勉强答应了，说等我找到合适的人家后才能离，而且我必须带走一样嫁妆，你必须答应。否则，我就不离婚！

男人想都没想，说没问题，家里的东西任你挑任你选，我绝不阻拦！

好，这话可是你说的。米香这才彻底放下心来。

经人介绍，山后有个光棍汉全林和米香认识了。全林因为说话结巴，家里贫困，一直没有找下媳妇。

对于全林，米香没有话说，因为自身的情况已经非常糟糕了，只要人家不嫌弃自己就阿弥陀佛了。

全林得知米香的情况后，很是同情米香，说米、米香，我、我不、不嫌弃你，我、我没别的本、本事，但、但只要有、有我吃的，就、就不会饿死你。

米香说，我跟你结婚，嫁妆还是要带的，可能会让你失望，有一样嫁妆很特殊，不知道你喜欢不喜欢？

全林说傻话，嫁妆我、我能不喜欢？！

本想瞒着全林，米香想了想，还是对全林说了实话。

米香的话音一落，全林眼都没眨，就使劲点点头，说米香，你、你的嫁妆我照单全收、收！

没有多少天，米香离婚了，然后和全林举行了婚礼。

新婚之夜，亲戚朋友都走了，闹新房的人也走了。新房里，除了新郎全林和新娘米香外，还有另外三个人，他们围坐在一起，有说有笑，热热闹闹的，屋子虽然没有多少像样的家具，但显得很是温馨。

那三个人是米香的两个孩子和她的前夫——这次米香改嫁，不但带来了她的两个孩子，还有她的前夫，这就是她的"特殊嫁妆"！

最好的礼物

春节马上就要到了。

这天快下班的时候，老板告诉我们，说各位忙活了一年，都很辛苦，今年过春节，他要给大家一个最好的礼物，保准让大家满意。

最好的礼物？无非是一个红包，红包里的钱比往年多一点而已。记得第一年，红包里的钱是200元，第二年是300元，第三年是400元，去年是800元。想想，这也是我们应该得到的了，别人都能回家过年，我们却在车间加班加点地干活，即便是一个1000元的红包，对厂里来说也是九牛一毛。

说实话，我最讨厌春节了。在这个喜庆的日子里，别人都可以跟家人团聚，我却在异地他乡不能回家，心里能好受吗？我也想回家，想在老家念书的孩子，想老家七十多岁的父亲……可是，我办不到啊。首先是火车票不好买，去年顺子想回家，在火车站排队等了四天都没买到一张票，气得他大冬天脱掉上衣在候车厅里"裸奔"；狗子呢，他鬼精鬼精的，吃不了排队那个苦，就弄了个塑料模特替他排队，结果等了三天三夜也没买到票。其次，即使能买上票，坐上两天两夜的火车不说，下来火车，还要搭汽车往镇里，再坐三轮往村里，最后是徒步翻越一座山才能到家。这些苦对俺农民来说倒不算什么，最关键的是：俺一来一回需要花费3000元，加上老婆的，就是6000元，乖乖，6000元！这可是俺一个农民家庭半年的纯收入啊！

没等我往老家打电话，父亲的电话就来了，让我们回家过年，说富贵也想我们了，富贵自己想过来，又怕认不出我们。

富贵是我的儿子。我鼻子一酸，支支吾吾就把电话挂了。我和老婆出来时，富贵才四岁。我们八年都没回家了啊！富贵今年12岁了，上小学五年级。个子肯定长高了，模样也变了，是黑是白？是俊是丑？我都不敢去想，想起来心里就堵得慌。

我跟老婆商量，如果能买来火车票，就回家一趟。等我抽空跑到火车站，看到人山人海的场面，我的心一下子又凉了。

看来，家是回不成了，就再给老家汇一些钱，给老父亲买件礼物吧。到了商场，我又拿不定主意。商场里的东西琳琅满目，吃的穿的用的，一应俱全。给老父亲买什么好呢？记得第一年，给他老人家买的是暖水袋；第二年，是一个皮帽子；第三年，是个收音机；第四年，是个电热毯；第五年，是个棉大衣……去年，是一台彩电！

在商场里转悠了两个多小时，也没决定要买什么，我打算过几天再去看看。

转眼间，就是腊月二十三了。按照惯例，厂里就要正式放假，当地的员工就可以回家过年了。

中午厂里食堂安排的是腊八粥。凭良心说，逢年过节，厂里在生活方面对大家都很照顾。我们正吃腊八粥的时候，老板过来了，他笑吟吟地说，今年过年不安排工人加班，除下看门的，都回家过年。

按说，这是好事。但是，对于我们这些外地的打工者不见得是好事。

没等老板的话说完，顺子就说道，我都跟老家说好了，今年不回去了，不安排加班俺们干啥啊？贴吃贴喝浪费钱。

狗子说，俺想回家，可是买不到车票啊？

大家静一静，让我把话说完嘛。老板摆了摆手，说，今年厂里安排了五辆大巴车，负责把外地的员工全部送回家！

是真的吗？大家一时都愣住了，似乎不相信自己的耳朵。

今天下午厂里发工资，外地的员工都准备准备，明天一早动身。老板说罢，转身走了。

我也是好半天才回过神来。

等我满心欢喜地坐上车回到家后，才发觉没给老父亲买礼物，真是高兴得昏了头！

我愧疚地给父亲解释，说一时匆忙，没单独给他老人家买礼物，连一瓶酒、一盒烟也没买。

家里啥也不缺，还买啥？不过，今年你们给了我一个最好的礼物，那就是回家！父亲说着话，一边去擦拭眼角的泪。

找啊找啊找儿子

那天上午，生意非常好，杏花麻利地称菜、收钱，擦把汗的工夫都没有。忙里偷闲，杏花一转眼，发现儿子栓柱不见了！杏花忙叫道："栓

第一辑／最好的礼物

柱！栓柱！"一边起身四下张望。这种情况平时很常见，杏花只要叫上几声，栓柱就不知从哪个旮旯里蹦跶出来了。今天邪了，杏花叫了十几声，也没见栓柱钻出来。杏花慌了，又粗着嗓门吼道："栓柱！栓柱！"接连吼了数声，也不见栓柱的影子。杏花顾不得卖菜了，顺着一街两行跑了几个来回，也没见栓柱。

有好心人提醒杏花，赶快报警吧，栓柱说不定被人贩子抱走了。

杏花这才意识到出事了，栓柱还不满两岁啊，她哇地一声大哭起来。

即便是报了警，也只是在派出所登个记而已，一时半会儿没有结果，杏花打算自己寻找。

认识杏花的人都说，杏花真是太不幸了：结婚一年多生下儿子不到一个月，男人就得急病死了。当时，娘家人，还有婆家人，都劝她带着儿子改嫁，说孩子还小，杏花还年轻，今后的路长着呢。杏花没有答应，说要跟儿子相依为命，过一辈子。她说，再走一家，儿子就不受人待见了。她怕儿子有个三长两短，特意起名"栓柱"（谐音拴住）……

亲戚朋友都劝杏花，孩子丢了，怕是找不到了，别费那心思了。杏花不听劝告，就贱卖了家里的所有东西，带几件衣服踏上了寻找栓柱的路。

杏花此举根本就是茫无头绪，盲无目的。她不分白天晚上，渴了就讨口水，饥了就啃块馍，只要能走得动，就绝不停下来。困了便靠着哪个墙角打个盹，醒来后继续赶路，这个村找遍了，接着去下一个村……

杏花身上的钱花完了，她便依靠乞讨度日，有时走到荒郊野地，一天见不到人烟，讨不到一口饭。有一次，天降大雨，杏花没地方躲避，穿得又单薄，一下子病倒了。杏花原以为要死过去，最后又活了过来……类似的艰难，说不尽，道不完。

花开了又谢，谢了又开。杏花整整找了十年，终于在南方一个小镇找到了栓柱。

恰巧那天杏花走到一所小学门口，栓柱正好放学出来，杏花一眼就认出了栓柱——栓柱的左耳朵有个黑痣！杏花兴奋地大叫一声："栓柱！"

栓柱没有理会杏花，继续跟同学说说笑笑往前赶路。

杏花快走几步，一把抓住了栓柱的胳膊："栓柱！你咋不理娘啊……"

栓柱被吓了一跳，他扭脸一看，惊叫声："疯子！"说罢便挣脱杏花的手，转身跑走了。

杏花不愿放弃，拼命追赶。幸亏，栓柱很快跑进了一所漂亮的房子，等杏花赶到门前，栓柱已慌忙从里面把大门关上了。

杏花站在大门外叫道："栓柱！栓柱！我是你娘啊……"

大门开了，从里面走出一个珠光宝气的女人。

杏花忙对女人说："我要见我儿子，我要见我儿子。"

女人望了杏花一眼，平静地说："那是我的儿子富贵，别胡闹……你跟我来。"

杏花无奈，只好懵懂地跟着女人来到镇上一家旅馆。

杏花着急地说："你把我带到这里干啥？我要见我儿子。"

女人给杏花倒了一杯水，说："大嫂，别急，慢慢说。"

接下来，杏花把儿子如何失踪，儿子身上都有什么印记，自己如何辛苦地寻找儿子，从头至尾讲述了一遍。

女人沉默了半天，说："大嫂，我相信你说的话，但是栓柱相信吗？他不会相信的，因为他现在是富贵！"

杏花给闹糊涂了。

女人叹口气，说："大嫂，这么多年了，富贵已经完全忘记小时候的事情了。"

是啊，女人说得不错。杏花不知道如何是好。

女人把杏花拉到洗手间，说："大嫂，你先照照镜子吧。"

杏花看了镜子一眼，一下子呆了——她的头发全白了，乱蓬蓬的，眼窝塌陷，腮帮干瘪，身上的衣服破烂不堪……她才三十二岁，却像一个五十多岁的要饭花子！她长叹了一声。

　　女人说："大嫂，富贵一直叫我'妈'，现在让他叫你'妈'，他愿意吗？即便让他知道自己的身世，他心里会是什么滋味？你再想想，让他跟着你，会幸福吗？孩子的爸爸在镇上办了一个机械厂，每年也有几十万的利润，我们就这一个孩子，有条件让他受到良好的教育，将来的家产也都是他一个人的……你现在一无所有，如果他跟着你，少不了吃苦受累，你愿意吗？你如果真爱这个孩子，就让他留在我家吧！"

　　杏花默不作声，心里边翻江倒海五味俱全。

　　女人撇下厚厚一沓钱离开了，让杏花在宾馆洗个澡，换身衣服，好好休息一下，仔细想一想，第二天给女人个答复。

　　第二天，杏花没等女人来找她，便搭车回老家了。

　　杏花一见到娘，就扑进娘的怀里："娘，栓柱找不到了，不找了……"话未说完，眼里的泪虫似的在脸上爬。

第二辑

爱是等价的

锁

　　刘师傅因当年小儿麻痹留下了后遗症，走起路来不利索，一瘸一拐的，找不到别的吃饭门路，就在街口那儿摆了个修锁的摊子。随着岁月的流逝，修锁无数的他练就了一手高超的技艺，只要是锁，没有他打不开的，被人誉为"锁王"。因此，他在当地成了不大不小的名人，可以说是家喻户晓妇孺皆知，就连当地的公安部门也和他常来常往，一旦有案件上需要开锁的事儿，便请他去解决问题。刘师傅因有了这手绝活儿，被人敬重不说，吃香的喝辣的，日子十分滋润。

　　为了学到刘师傅的绝技，就有不少人动了心思，有的采取金钱开路，有的利用美色诱惑，有的进行威逼要挟……但他都一一拒绝了。时间久了，大家都知道他的这个古怪脾气，也就没人自讨没趣拜他为师了。但是，这并不影响刘师傅的声誉。他心地善良，乐善好施，若你修锁一时没钱，只管走人就是，他从不开口讨要，等你下次来一并付时，他却早把这事给忘了，淡淡地说有这码事儿吗？若是听到谁家有了难事，就让人捎去三十元五十元的。后来，他的年纪渐长，身体也一天不如一天，大家都劝他物色个徒弟：左邻右舍怕丢了钥匙进不了家门，当地的公安部门怕他的绝技失传影响案件的进展……刘师傅便动了心思，心说他这手技术还真不能后继无人，要不然会给大伙带来多少麻烦多少不便啊！于是，他经过层层筛选，初步物色了两个年轻人，一个叫大张，一个叫小李。

这是多少人梦寐以求的好事啊！因此两个年轻人乐得屁颠屁颠的，每天围着刘师傅嘘长问短，跟敬佛似的。一段时间过后，大张和小李都学到了不少东西，配个钥匙修个锁的都不成问题，但他们学的也只是皮毛，还没有得到刘师傅的真传。刘师傅呢，有他的想法，认为他的绝技只能单传，也就是说只能传给其中的一个人。大张聪明伶俐，为人热情豪爽；小李木讷老实，心地善良……两个徒弟各有千秋不分伯仲，传给哪个好呢？刘师傅为难之余，决定对他们两个进行一次测试，谁的表现好就把真经传给谁。就这样，刘师傅弄来了两个保险柜，分别放在两个房间内，然后让大张和小李去打开。

大张用了不到十分钟就把保险柜打开了，在场的人都为他高超的技术叫好。大张自以为胜券在握，也就掩饰不住一脸的得意。小李用了十五分钟才把保险柜打开，技术明显不如大张。小李羞着脸看了刘师傅一眼，但刘师傅并没责怪他。在场的人也都一致认为，刘师傅要淘汰的将是小李。从另一方面讲，大张是个下岗职工，妻子常年有病，日子说不出的艰难，相比之下，小李的家庭条件要优越得多。

刘师傅平静地问大张，说你打开的保险柜里都有什么？

大张喜形于色，悄声说师傅，保险柜里有一沓百元的钞票，一个金戒指，一块手表，一挂项链。

刘师傅转身问小李，说说你打开的保险柜里都有什么？

小李的鼻尖上渗出了汗珠，笨嘴拙舌地说师傅，我没看保险柜里都有什么，您只让我打开锁。

刘师傅赞许地对小李点了点头，说好，好，好！然后，刘师傅郑重地当场宣布，小李正式成为他的接班人。众人大惑不解，议论纷纷。大张也表示不服气，忍不住说凭什么呀？难道小李的手艺比我好？刘师傅没有说别的，而是拍了拍大张的肩膀，说凭你的手艺和聪明，回去开个修锁的铺子还是饿不死的。大张心犹不甘，那样子似乎非让师傅解释清楚他输给小李的缘由不可。刘师傅叹了口气，遗憾地说，因为你打开了两把锁。大张愣愣不解，说师傅你冤枉我，我刚才只打开了一把锁啊？在场的人也都随声附和，说是啊，大张并没做错什么啊，刘师傅是不是糊涂了？刘师傅微微一笑，说我虽然老了，但心不糊涂。说罢他转向大张，语重心长地说，孩子，干我们这一行的，必须做到心中只有锁而没有其他东西，心中还必须有一把不能打开的锁，那就是欲望！

在场的人恍然大悟。大张的脸倏地红了。

爱是等价的

她正要升初中的时候，父母双双遭遇了车祸，无依无靠的她便成了孤儿，只好辍学回家了。她没有别的亲戚，在那个年月，家家都有一本难念的经，都在为糊口的东西发愁，因此，也没有人家愿意收留她，更何况她是个女孩。在当时农村人的心目中，养闺女是赔本买卖，就是俗话说的，嫁出去的女儿泼出去的水。但是乡亲们并没看着她饿死，东家给她一碗汤，西家给她一个馍。有时人们忙得如同蚂蚁搬家，没有时间给她端吃送喝，求生的本能使她走出家门，干起了乞讨的勾当，天长日久，她习以为常。

后来，她不再挨门串户去要饭，而是拣起了破烂，每天的收入虽然不多，养活自己是不成问题的，也不用看人家的白眼，也不用低三下四地去求人家。

她经常到村里的学校捡破烂，学校的校长知道了她的情况，每次去都把归拢到一块儿的旧报纸、废作业本、旧课本无偿地给了她。有一天，校长突然问她，丫头，你想不想上学？她看着校园里和自己同龄的孩子，一个个兴高采烈的，她点点头，然后又摇了摇头。她没有说缘由，但是校长还是猜透了她的心思，校长微微一笑，说丫头，学杂费给你免除了，你可以一边上学一边捡破烂。她不相信，以为校长在骗她。校长说我是校长我当家。她这才咧着嘴笑了，于是就走进了校园坐进了教室。

校长要好人做到底，给她买吃的或是穿的，她拒绝了，她说学校免除了我的学杂费，我已经够感激了。她利用课余时间、星期天捡破烂，给自己买吃的穿的用的。其实，学校并没免除她的学杂费，是校长替她交了。多年后她才知道事情真相，在那个年月并没有免除学杂费之说，校长也没这个权利。

她学习勤奋，初中三年后，顺利地考上了高中。校长也很高兴，表示要继续资助她上高中时，她没有同意，她说校长，我已经有自立能力了，完全可以自己照顾自己，我可以一边打工一边上学。

她说到做到，学习之余，在学校的食堂打杂或是捡破烂来赚取一点生活所需，就这样，一直从高中读进了大学。不知道为什么，几乎是下意识的，读大学时她选择的是医学。难道她是怕自己生病了没有人照顾？还是有什么远大的抱负？细想想，恐怕前一种的成分占得要多一些。

她大学毕业后被分配到了省城一家医院。没多久，就和一位同事结了婚，两个人出双入对，你恩我爱，生活得五光十色，很是滋润。

过了好多年，当年的校长身患重病住进了她所在的医院。她认出了老校长，老校长并没认出她来。

在她和丈夫的精心关照下，老校长转危为安，住了两个月的院终于痊愈了。可是，老校长一家人却一半欢喜一半忧愁，住院时只交了3000块钱的押金，据说还要再交6万元的费用。为了给他看病，家里仅有的一点积蓄也早已花光了，住院的押金也是找亲戚朋友借的，这6万元对老校长一家来说简直就是个天文数字，去哪里倒腾呢？

当老校长接过手术费用单据时，一下子愣住了，只见上面写着：手术费用＝三年初中学杂费费用！

老校长看了半天也没弄明白，然后疑惑地问她，这是怎么一回事儿？显然，老校长已经完全忘记了当年的事情。

她嫣然一笑，说老校长，因为爱是等价的。

老鳖汤，鸡蛋汤

张校长领着一位胖子走进饭店的时候，吴梅花一眼就认出了他。他却没有认出她来。也难怪，她都离开家乡七八年了，谁会想到能在这千里之外的省城相遇呢？

张校长对她说："服务员，把菜谱拿来，我要好好招待一下刘总。"

那个叫刘总的人说："张校长，别那么客气，随意一些，家常菜就可以。"

张校长说："好，恭敬不如从命，水煮花生米、凉拌木耳、家常豆腐，再要一个饭店里的特色菜。"没等刘总说话，他就转身问她："服务员，你们这店里的特色菜都有什么啊？"

她支支吾吾地说："我们这店没啥有特色的……"她是在说谎，饭店里有的是特色菜，她不想让张校长他们享受。

张校长眨巴了两下眼睛，似乎不相信她说的话："开饭店的会没有拿手的菜？叫你们老板来！"

她不情愿地把老板叫来了。

老板点头哈腰："我这小店最有特色的就是老鳖汤，其他的还有……"

她接过老板的话，看了张校长一眼："老鳖汤，一份688元。您要吗？"

老板怪她多嘴多舌，瞪了她一眼。

张校长说："要，要，就一份老鳖汤。"

张校长一边说，她一边在菜单上记。随后，她把菜单交给了传菜生。

菜上来了，水煮花生米，凉拌木耳，家常豆腐。张校长又要了两瓶啤酒，两人开始碰杯动筷子了。

又等了片刻，传菜生送进来一盆鸡蛋汤，她接过放到了桌子上。张校长察觉到不是老鳖汤，有些奇怪，生气地对她说："服务员，怎么搞的？我要的是老鳖汤，怎么换成了鸡蛋汤？"

她一脸慌忙地说："先生对不起，'鳖'字我不会写，我画了个圈，厨师以为是鸡蛋，就做了鸡蛋汤。"

刘总忍不住笑了。

饭店老板闻声过来了，得知原委后训斥她："梅花，刚来的时候你说识字少，'鳖'字不会写就画个圈，现在天天晚上抱着书本学习，咋还画圈？你今天是咋了？喝糊涂汤了？"

张校长恼火地说："你没上过学吗？老师怎么教你的？"

她不卑不亢地说："张校长，我的语文老师就是您。"那时候，学校的老师只有四个，张校长担任一到五年级的语文课。

"你也是石庙村的？"张校长愣住了，看了她老半天才惊喜地说，

"哦，我想起来了，你是吴梅花。那时你还是个孩子，才几年不见就长这么高了。我记得你学习成绩特别好，因为家里条件不好，小学四年级没毕业就回家了，想不到你在这里打工。"

饭店老板恍然明白，说："梅花，既然你认识张校长，怎么还捉弄人家？"

她没理会老板的训斥，冷冷地对张校长说："张校长，我是故意画圈让厨师做鸡蛋汤的。咱村里穷，学校更穷，房子露着天……现在学校有钱了？敢喝老鳖汤了？"前几天，她还打电话回去，在小学上课的弟弟说，学校的房子快塌了，他们都在操场上上课呢。

饭店老板瞪了梅花一眼："你这孩子怎么这么说话呢？真是不懂事。"

张校长哭笑不得，说："梅花，刘总是一家房地产的老板，准备给咱村的小学校投资20万……我特意来感谢人家呢，你却插了这一杠子，这、这叫啥事呢？"

刘总忙对她说："梅花，你误会张校长了，张校长这次来省城，听说他为了凑路费，跟家里人吵了一架，把家里的牛卖了。"

她的脸倏地红了，尔后转身跑出了雅间。

"这孩子！"饭店老板跟着出去了。

张校长和刘总相视一笑，接着边吃边聊。

没过多长时间，吴梅花给他们送来了一份老鳖汤。

张校长看看老鳖汤，看看她，说："梅花，这老鳖汤我们可不敢喝，要不又得挨你的骂了。"

她嫣然一笑："张校长，今天算我请客，不让您破费。"

张校长松了一口气，赞许地点点头。

刘总笑吟吟地看着她，说："梅花，你愿不愿上技校学一门技术？"

她不知道刘总话里的意思，直直地看着他。

刘总说："你若愿意的话，你找一家技校，所有费用我出。"

闻听此话，张校长鼓掌叫好。她的脸则像一朵盛开的梅花。

三十八个葫芦

娟子给大军下了最后通牒，若他再不回城，就与他"拜拜"。

一时间，大军犹豫不决：是回城还是留在山村？

大军太爱娟子了，不能没有娟子；他也不能辜负了娟子对他的一片情意。当初两人在大学里谈的时候，娟子的父母就强烈反对，说大军家是农村的，穷。可是，娟子硬是不顾一切阻挠，说遇上大军是她的缘，这辈子非大军不嫁。大军也曾信誓旦旦地表示，他一定能赚到钱，不会让娟子失望的。

大学毕业，大军回老家一趟后，就没再回城。那时候，村里小学，也是大军的母校，唯一的一位老师走了，去经商了。山区条件艰苦，别的不说，仅工资就低得可怜，每月不到一千元！所以，学校的老师走马灯似的换。当地也没有人愿意代课，他们也都到城里打工去了，原因也是工资太低。

大军不愿看到村里的孩子们没有学上，就自告奋勇当起了学校的老师。

这个小学从一年级到五年级只有三十八个学生，而且在一个教室里上课。大军给一年级上完，再给二年级上……这些孩子的求知欲很强，上课时认真听讲，不懂就问；下课后叽叽喳喳提一些稀奇古怪的问题：城里的楼房那么高，是不是也像爬树一样往上上啊？城里的小汽车跑得比牛快，是不是也能像牛一样往山上跑呢？

乡亲们也忒热情，做了好吃的就给大军送，家里来了客也请他去陪……说句不当说的话，拿他比自家的爹娘还亲。

接到娟子的最后"通牒"，大军心动了。当初自己苦苦求读，不就是希望有朝一日走出农村吗？在学校时，自己是怎么对娟子承诺的？跟他一块毕业的同学，如今有的进了政府机关，有的当了企业高管，有的自己创业当上了老板，买房的买房，买车的买车……自己呢？想买个摩托车都困难。大军几番思量，决定答应娟子，立即回城。

老村长来了："大军，不能不去城里吗？每月再给你补助一百块。"

大军苦苦一笑："村长，村里也难，有钱了先把学校修一修。"

老村长说："大军，村里没有钱，给你的补助我从家里拿……你留下吧，学校不能没有老师。"

乡亲们来了，他们一句话也不说，把鸡蛋、核桃、红枣等家里的稀罕东西放下就走了。

孩子们也来了……

大军心动了，同时也拿定了主意。

娟子来了。她问大军："交接好了吗？什么时间走？"

大军说："娟子，我早给你说过，我的父母去世得早，是吃百家饭长大的，要是没有他们，我也不可能活下来，也不可能上大学……"

娟子打断大军的话："大军，你已经尽了两个学期的义务了，也一直资助村里的一个孩子上学……你只有混出息了，才能回来更好地帮助乡亲们。你说不是吗？"

"娟子，你看看这些。"大军指了指墙上。

娟子这才注意到两面墙上挂满了大大小小的葫芦，她不屑一顾地说："不就是些葫芦吗？有什么好看的？又不是金葫芦银葫芦。"

大军摇摇头，说："你可别小看这些葫芦，它们不是一般的葫芦，是孩子们得知我要走时送给我的。"

娟子皱了一下眉头，说："什么意思呢？"

大军上前摘下一个葫芦，递给娟子："你晃晃。"

娟子接过葫芦晃了晃，传出"哗啦哗啦"的声音，她说："里面是不是硬币？怎么看起来像一个存钱罐啊？"

大军点点头，说："这是山里孩子的'存钱罐'。他们得知我要走时，每个人都把自己的'存钱罐'送来了，就是墙上这些葫芦，三十八个孩子，三十八个葫芦。他们说，老师，俺们把存钱罐给你，你不就是'大富翁'了？是不是就不走了？"

娟子走上前，挨个葫芦摸了摸，然后问大军："你是怎么说的？"

大军说："我说，老师现在是'大富翁'了，老师不走了……娟子，你能原谅我吗？"

好半天，娟子依偎在大军身边，眼里流露出水一样的光彩："大军，我不走了……要和你一起慢慢变老。"

水的味道

每逢双休日，他都会放下手头的其他工作，开车给附近建筑工地的农民工送矿泉水。他不是生产矿泉水的，也不是送水工，矿泉水是他从超市里买来，然后免费送给农民工喝的。

风雨无阻。这一送就是五年。

由于他不愿接受采访，不愿透露姓名，被人亲切地称为"送水哥"。

经网络曝光后，引起了大家的好奇，纷纷猜测他送水背后的动机。

有人说："他是慈善机构的人，在履行自己的工作职责。"

有人说："他是一个大老板，在学雷锋做好事。"

有人说："他是一个农民工出身，体会过农民工的辛苦的人，所以才去关心农民工的。"

有人说："他是一个建筑商，农民工为他创造了财富，他是借此回报农民工的。"

甚至有人怀疑，他是在作秀，为的是达到自己不可告人的目的。

…………

总之，除了褒，还有贬，说什么的都有。

为了揭开谜底，有好事者曾偷偷跟踪"送水哥"，终于打探到他的一些情况："送水哥"在某单位上班，是一位普普通通的公务员。单位并没派他送水，完全是个人行为。他的妻子在一家幼儿园当幼师。他们有一个女儿，上小学六年级了。他没有做生意，也没有中彩票获大奖，只是一个上班族而已。他住的房子是租的，还没有买房子。

常言说，没有无缘无故的爱，也没有无缘无故的恨。他坚持这么做，总该有点原因吧。难道他是为了升迁在"修桥铺路"？一个名为"打破砂锅问到底"的网友发出了这样的疑问。这个疑问迅速得到了大家的围观。

这下，妻子也对他有意见了。她说："我倒不在乎那点钱，你看看网上的留言，你再看看左邻右舍那些眼光，好像我偷了人似的……你为什么不敢面对媒体？为什么不把真相说出来？有什么见不得人的？"

他叹口气，说："好，我说，我说。"

于是，再有记者问起他送水背后的故事时，他就侃侃而谈。

他说，我出生在农村，小时候家里穷。为了供我上学，父亲就一直

第二辑　爱是等价的

在城里打工。父亲没有什么技术，只会下苦力，搬砖头、提砂浆，可以想象，要多辛苦有多辛苦。但父亲为了让我安心读书，在给我的信里，他总说干活不辛苦，顿顿都是大米饭，中午还有肉菜，天天喝矿泉水……我知道，父亲说的不一定都是实话。有一年夏天，父亲来到我读大学的城市打工。我去看望父亲时，父亲刚从脚手架上下来，灰头土脸的，上身的褂子都被汗水溻湿了，裤子脏兮兮的，破了两个洞，从一个口子里还看到父亲的腿被刮破了，暗红色的血液已经凝固……当时看到父亲的形象，我眼里的泪差点流出来。我从旁边的小卖部里买来两瓶矿泉水——我怕父亲不喝，也给自己买了一瓶。父亲喝了一口，然后又"噗"地一声吐出来，睁大眼睛说："孩子，咱被骗了，这矿泉水是假的。"我半信半疑地喝了一口，说："爹，我没喝出有什么异味啊？应该不假。"说罢，我又看了看瓶子上的生产日期，是前几天刚刚生产的。父亲愣愣地瞅着我，皱着眉头说道："不假？咋就没一点味，跟工地上的自来水一个样？"刹那间，我明白了，父亲从未喝过矿泉水，不知道矿泉水的味道……

记者也豁然明白，说："你给这些农民工送水，就是让他们知道矿泉水的味道！就是让他们能够自豪地告诉自己的子女，他们也曾喝过矿泉水！"

他说："后来，父亲在工地上出了意外……处理罢父亲的丧事，工地上给的那点赔偿已所剩无几。那时我刚上大二，没有了经济来源，我本来打算辍学，是父亲的工友们及时援手，帮我凑学费、生活费，我才得以读完大学……农民工太辛苦了，我给他们送水，我只是尽一点力所能及的力量。"

他的善举被记者报道后，有一个喝过"送水哥"送的矿泉水的农民工动情地对记者说："谁说矿泉水没味道？送水哥送的矿泉水就有味道，嘴里解渴，心里滋润，让我们感受到了爱！"

这位农民工的话得到了其他农民工兄弟的赞同，他们异口同声地说："对，爱的味道！"

寻找恩人

赵子龙在当地报纸上刊登了一则启事，说的是二十几年前，他在城里打工，那一天他身无分文，饿得肚子咕咕乱叫，忍不住走进街头一家餐馆要了一碗烩面。等他狼吞虎咽吃完烩面，他才告诉老板，他身上没有一分钱，请老板记着账，等他有钱了再还。老板并没为难他，答应了他。他在启事里还说，后来他去外地求学了，这件事他一直没忘。现在他有能力偿还那笔欠款了，由于城市扩建、道路改造，已经很难找到那家餐馆了。那条路他不记得，那家饭馆他也不记得了，希望当年的饭馆老板看到后跟他联系，他要连本带息偿还恩人2000元钱，以了却他多年来的心愿。

启事刊登后，来找赵子龙的人还真不少。

一位大嫂说，是她帮助了赵子龙，烩面馆是当年她跟丈夫开的。大嫂对赵子龙说："我记得清清楚楚，那天是个雪天，雪下得那真叫个大呀，啧啧，我都没法形容。你依靠在门口，那个可怜样儿，像是个要饭花子。我忙把你叫了进来，问你吃什么，你说只要一碗烩面。后来，你吃完烩面后，说身上没带钱，下次给我们带来。事后，我丈夫还说遇到了骗子。我说，这个孩子不像是骗子，他肯定是遇到了难处。人这一辈子难保不遇到难处，能帮人一把就帮人一把……"

没等大嫂说完，赵子龙就说："大嫂，您说得不错。受人滴水之恩，

第二辑／爱是等价的

必当涌泉相报。给，这是2000元钱。谢谢您啊。"

在他的坚持下，大嫂接过钱走了。

一位大哥说，是他帮助了赵子龙，小吃店是他父亲开的。大哥对赵子龙说："我高考结束后没事干，就去父亲的店里帮助他老人家干活。那天很热，跟天上下了火似的。你上身穿个褂子，下身穿个大裤头，浑身汗津津的。我父亲把你让到电扇下边，问你吃什么饭。你说烩面……烩面做成后，是我给你端去的，你还要了醋和辣椒。你吃了烩面后说身上没钱。父亲笑着对你说，孩子，没事的，不就是一碗烩面吗？想吃就来，这里就是你的家。当时，我父亲是不是这样说的？"

赵子龙忙点头附和，说："对，对，当时伯父就是这样对我说的。"

随后，赵子龙就给了这位大哥2000元钱。

就这样，前前后后来了十几个人，他们都说是赵子龙当年的恩人，都说得有鼻子有眼，跟昨天发生的一样。

赵子龙竟都相信了，而且无一例外地都给了他们2000元钱。

我是赵子龙的朋友。我得知这件事后，大吃一惊，说："老赵你傻啊，到底哪个是你当年的恩人？你应该能分辨出来的。"

赵子龙说："说实话，我也记不得了，说不定其中一位就是，说不定一个都不是；他们或许没帮过我，但帮助过别人；他们或许没做过善事，是为2000元钱来的。"

我说："那你怎么还给他们钱，再有钱也不能这样啊？你不就是一家房地产的老板，腰包里有几个钱吗？骑西瓜过河，充什么大蛋？！"

赵子龙淡淡一笑，说："假如他们帮助过我或是其他人，不能让他们失望，他们应该得到回报；如果他们之前没有做过善事，他们拿了我的钱，心态就会有所改变，说不定以后就会做善事了。我公开这么承诺，就是要世人相信，好人必有好报。"

想一想，赵子龙的话也不是没有道理。我很哥儿们地拍了他一拳："老赵，就冲你这次干的傻事，我请你喝两杯……当然，我请客，你埋单。"

"中。"赵子龙傻乎乎地笑了。

周瑜买碗

周瑜每天早上都要到镇东头的"牛记胡辣汤"小吃店吃上两根油条，喝上一碗胡辣汤。

"牛记胡辣汤"是个老字号，虽然顾客盈门，生意兴隆，但店老板牛头还是欢迎周瑜这样的人，他倒不是在乎那两根油条一碗胡辣汤，而是因为周瑜是镇里的名人。现在不是讲究个名人效应吗，牛头也深知这一点。周瑜来他的店里消费，等于是在无形之中给他做了广告。就是周瑜来白吃白喝他都愿意。

这天和往常一样，周瑜吃了油条，喝了胡辣汤，掏出钱包准备付账。牛头一脸谦卑的笑，说周老板，算了，您今天就不用付账了，往后也不用掏了。周瑜愣怔了一下，然后眉头一挑，说咋回事？看不起我啊？两块钱我还是付得起的。牛头慌乱地摆摆手，说周老板，您误会了我的意思。我真人面前不说假话，您是大老板，能光临我这小店，是看得起我。周瑜的脸上滑过一丝得意的笑，说你这小本生意也不容易。我周瑜别的没有，有的是钱！说着话，周瑜甩给牛头一张20元的票子，说不用找了，我连用过的碗也拿走。等牛头明白过来，周瑜已拿上碗走远了。

第二天，周瑜吃了油条，喝了胡辣汤，掏出10元钱，二话没说，又把他用过的碗揣走了。接连几天，天天如此。钱数倒不确定，有时10元，有时20元，也有5元的，有一次还丢给了牛头一张50元的票子。

周瑜为啥把碗也给拿走呢？是显示他有钱，似乎有些牵强。牛头百思不得其解。他把心中的疑虑告诉儿子牛奔。牛奔眼珠一转，说爹，我们上周瑜的当了，他骗了我们。牛头傻乎乎地看着儿子，不明白儿子说的话。牛奔说爹，你想想，周瑜是做啥生意的？牛头说古董啊，镇里人谁不知道？牛奔说，咱店里的瓷碗肯定是值钱的古董！牛头恍然大悟，说有道理，这些瓷碗都是你爷爷遗留下来的。牛奔说，周瑜是啥样的人，当初不就是靠骗人家一个瓷盆发家的？

好多年前，周瑜在一偏远的老乡家里发现老乡喂狗的瓷盆是一件古董。但他开口不说瓷盆的事儿，而是提出要买老乡家的狗。一开始，老乡自然是不愿意卖，周瑜就把价钱出得高高的，老乡抵挡不住诱惑，就答应把狗卖给周瑜。周瑜见时机成熟，就又给老乡提了一条要求，说既然把狗卖给我了，喂狗的盆子也让我拿走吧。老乡一边数着花花绿绿的票子，一边头也不抬地说，你只要不嫌弃，就拿走好了。老乡想不到，后来周瑜靠这只瓷盆开了一家古玩店。

想到这里，牛头相信了儿子的话。于是，他就私下揣上一个瓷碗进城了。省城的专家用放大镜看了看瓷碗，不屑一顾地说，这是普普通通的瓷碗。

说来也怪，周瑜可能是得到了什么风声，没再去"牛记胡辣汤"小吃店。

牛头想不通，既然是普通的瓷碗，周瑜为何要买走呢？牛奔说爹，是不是周瑜买走的那几只瓷碗是古董，咱家剩下的这些瓷碗不是古董，要不，他这两天咋不来了？牛头想了想，认为儿子分析得有道理。牛奔说爹，你去找周瑜把那几只瓷碗要回来，说瓷碗是祖上留下来的东西，不能卖。

牛头来到周瑜的古玩店，没见着周瑜，也没见着他的那几只瓷碗。周瑜的女儿说她父亲进城看病了，没在家。牛头似信非信，他怕周瑜把瓷碗倒腾出去，说我有急事找你爹，你能不能跟他联系上？周瑜的女儿说，我把他的手机号码给你说一下，你跟他联系吧。

牛头没想到，当他打通周瑜的电话，说要收回他那几只瓷碗时，周瑜竟左一个不行，右一个不行，很坚决地拒绝了。

这下，牛头父子两个更相信了他们的瓷碗是古董。牛奔说告他狗日的。牛头不愿意这样做，说乡里乡亲的，在法庭上闹得脸红脖子粗，不好吧？牛奔说爹，是他不仁不义在先。牛头没再说什么。就由着儿子一纸诉状把周瑜告上了法庭，说周瑜采用欺骗手段霸占了牛家的古董。

周瑜没有到庭，他在省城住院。他的辩护律师的一席话把牛头父子说得面红耳赤，哑口无言，恨不得找个地缝钻进去。周瑜的辩护律师说，周瑜患上了乙肝，怕传染给别人，所以每次去"牛记胡辣汤"喝完胡辣汤，就连同碗也一起买走了。周瑜的辩护律师还当庭出示了医院的证明。

女孩与狼

女孩和野狼的故事发生在一个很冷很冷的冬天。

那年，她十七岁。那天天色渐晚，她袖着双手裹紧棉袄拢着自家的羊群匆匆往家赶。突然，羊们惊叫着乱了阵势，她下意识地打了个激灵，抬眼望去，她一下子面如土色，惊呆了：离她十几米远的地方有一大一小两只野狼。大狼的右眼是个黑乎乎的洞，显然已经瞎了（像是猎枪打伤的），瘦得皮包骨头，一副弱不禁风的样子，而它身边那只小狼可能是它的后代，看样子刚出生不久，站在那里不住地颤抖，不时发出痛苦的惨叫……虽然那只大狼丑陋、骇人，她悬着的心还是慢慢放了下来——她以为，这对饥寒交加的母（父）子是没有能力伤害她和羊们的。但她不敢掉以轻心，遂挥起羊鞭轰赶着羊群绕过野狼往前走。

没想到，那个独眼狼在后边颠颠地跟了上来。她一边撒腿撵着羊一边回头看，独眼狼太虚弱了，没跑几步便摔倒了，挣扎着爬起来又追，追几步又倒了……她停了下来，不但不再感到害怕，反而动了怜悯之心，为这两只狼担忧起来：它们饿成这样，若再吃不到东西，今晚即便不被冻死，只怕要饿死在这草原上了。意念至此，她不假思索，就从口袋掏出一个馒头扔到了独眼狼跟前。令她惊讶的是，独眼狼没有吃这个馒头，而用嘴把它拱到了小狼面前，小狼立刻狼吞虎咽地吃起来。她被独眼狼的举动深深地震撼了！于是就把身上仅有的五个馒头（不但是为了她防饿，也是为了防止羊群里哪只羊有病或是吃不饱，她身上一般都带着食物）全部都掏给了两只狼。当她看到它们风卷残云地吃馒头时，她又有一丝后悔，她担心野狼有了力气不会放过她和羊，她脚底下抹了油似的急急赶着羊走了。然而，两只野狼并没有追上来，而是目送她片刻，转身消失在茫茫草原深处。

此后有一天，她在赶羊回家的途中被一只壮如小牛的大灰狼截住了。羊们惊慌地围着她乱叫，她也吓得愣愣怔怔的，心惊肉跳，手足无措。大灰狼庞大的身躯上披着暗褐色的毛，一双大眼睛发出阴毒的光，而且可怕地号叫着。转眼间的工夫，它的叫声又引来了两个同伴。它们围着她和羊群不停地转圈，准备伺机发动进攻。她的背脊里渗出了汗，两条腿弹棉花似的不住地打战。她发现有一只狼静静地注视着她，她与它对视了一下，猛然认出这是那只独眼狼！这只独眼狼此时也认出了她，于是，它低眉垂首与其他两个同伴交头接耳，似乎在用狼语说着什么。它的两个同伴好像不愿意，便聚拢过来跟它厮咬起来。独眼狼张牙舞爪，发出森人的咆哮，腾、咬、转、厮，一时间，尘土飞扬，血腥遍地，狼嚎冲天……独眼狼使出浑身解数终于把它的两个同伴撵走了。它筋疲力尽地站在那里，默默地用嘴一下一下地舔着身上血迹斑斑的伤口。她醒过神来后，感激地望了独眼狼一眼，转身赶着羊走了，却是一步一回头，两步一回头，三步一回头。她没想到的是，独眼狼尾随在她和羊群的后边，把她们护送到村口才蹒跚着离去。

这以后，她见了独眼狼就会把随身携带的食物给它分一些。独眼狼知恩图报，热情地扮演起了"牧羊犬"的角色，忠实地保护着她们。

如果不是后来发生了那样的事情，她是不会去伤害独眼狼的。

有一段时间，她所在的村子除了她家，几乎所有的养羊户家里，都发生了晚上羊被野狼咬死叼走的事情。有的是借贷买回来的羊，有的是上级扶贫来的羊；有的是带着羔的母羊，有的是没满月的羊崽；有的家里把羊当成了他们家的储蓄所，有的家里对待羊跟自家的孩子一样……据目击者说，这些为非作歹的野狼当中，就有一只是独眼狼！乡亲们知道她和独眼狼的关系后，都鼻子一把泪一把地去求她，要她除掉独眼狼。在大家劝说她的过程中，她始终没说一句话，末了就叹息一声，便带着浸有毒药的十个馒头去了草原。

见了她，独眼狼和往常一样，兴奋地蹭着她的裤角，幸福地呜呜吠着，并没意识到眼前的危险。她的心嘭嘭跳着，她动摇了，思谋着该做还是不该做。可是，她看到独眼狼脊背上的黑毛油亮亮的像闪光的缎子，身侧的皮毛则金灿灿的像滚滚的麦浪，就想到它不定吃了多少羊才这么健壮，就狠了狠心，哆嗦着手把诱饵丢在了它的面前。独眼狼看了她一眼，毫不犹豫地把浸有毒药的十个馒头吞进了肚里。毒性很快发作了。它趔趄着倒在地上那一刻，她的心几乎要碎了。在独眼狼弥留之际，看着它眼里流露出的痛苦、怨恨和迷惑，抚摩着它渐渐变凉的身体，她心痛地转过身去，眼泪却像奔腾的小河唰唰地流。

后来，她说服父母把羊处理后，便只身进城里打工去了。

虽然远离了村庄，但她没事发呆的时候，眼前总是浮现出一望无际的大草原，大草原上有一只独眼狼和一个挥动着羊鞭的牧羊女孩在嬉戏玩耍！

佛事

我家的后山有座寺庙，寺庙里有个老和尚。

小时候，爷爷常带我到寺庙里烧香磕头。摸着了门道，有时爷爷不去，我自个儿就蹿去了。老和尚喜眉笑眼和蔼可亲，我每次去都能吃到点心饼干之类的东西，那是香客们孝敬佛爷的供品。起初，我不敢吃。老和尚乐得胡子一翘一抖的，说不妨事，菩萨闻到气儿就算享用过了。

老和尚在山上开垦了不少荒地，种些庄稼蔬菜之类的。他有时让我帮他拔草或是抬水，我要是不干，他就会吓唬我说，俺不跟你好了俺不跟你好了。闲下来的时候，他跟我捉迷藏，给我讲白蛇许仙的故事……老和尚睡觉的房间里有尊观音菩萨，小巧玲珑，惟妙惟肖。它是用檀香木雕刻成的，使得整个房间里始终弥漫着一种淡淡的香味。老和尚经常把它擦拭得纤尘不染，从不让我动一下。有一次，趁他和爷爷唠叨闲话，我忍不住摸了摸观音菩萨，继而悄悄拿在手里玩耍，谁知一不小心掉在了地上。还好，观音菩萨丝毫无损。老和尚却勃然变了脸色，高高扬起巴掌，没打在我身上，却狠狠在自个儿身上捶了一下。

听爷爷讲，这尊观音菩萨是镇上"轩和斋"的阮掌柜送给老和尚的。

那一年，老和尚到镇上化缘，想弄几个钱把寺庙修一下。老和尚刚走进"轩和斋"，恰巧阮掌柜失手遗落一颗珍珠，大小角落找遍了，并无珍珠的影子。阮掌柜疑心是老和尚捡了。老和尚既不承认也不否认，只顾双手合十低头默念"阿弥陀佛"。阮掌柜相信了自己的判断，一时恼从心头起，喊来几个人把老和尚痛打了一顿。老和尚遍体鳞伤，有几处往外淌着血。这时，店里的一只白鹅跑过来啄血。兀自恼火的阮掌柜抬腿把白鹅踢飞老远，白鹅扑棱几下便不动了。不想，此时老和尚呻吟着说："是这只白鹅吞食了那颗珍珠。"阮掌柜不解："你为什么不早说呢？"老和尚说："我怕说出来，白鹅会遭到厄运……"阮掌柜当即让人把死了的白鹅开膛破肚，果然找到了珍珠……事后，阮掌柜出钱修缮了寺庙，另外还把这尊观音菩萨送给了老和尚。

后来，我到外地求学，一晃数年，再没见过老和尚。

忽一日，接到家里电报，说爷爷病危让我速归。等我赶到家里，爷爷大病已愈，能下床拄着拐棍走几步路了。他虔诚地说，是观音菩萨救了他一命。

我好歹读了几年书，当然不相信爷爷的话。

"你爷爷说得没错。"父亲接着说，"两个月前，你爷爷水米不进卧床不起，医生诊断后开了个方子，说没什么大事，照这个方子吃几服药就好了。可是，方圆几十里的药铺跑遍了，其中一味药却配不来。寺庙里的老和尚得知消息后，匆匆抱着那尊观音菩萨来了。他把观音菩萨恭敬地放在桌子上，摆上供品，燃着香，后又对着观音菩萨拜了拜，嘴里还念念有词不知说了些什么。接下来，他拿过我们家的斧子，闭着眼睛把观音菩萨劈成了几瓣，剁成了碎末……"

"老和尚疯了？"我忍不住说道。

"他没疯。"父亲说，"因为这尊观音菩萨是用檀香木做的，缺的那味中药正是檀香。"

我一时无语。由于时间紧，我又匆匆上路了，心想等来年毕业一定去看望老和尚。没多久我便接到家书，说寺庙被砸，老和尚不知道去哪里了。

猎人和野狼

他是一个年轻的猎人。他原本在城里的建筑工地打工，妻子生下妞妞后，由于父母去世得早，他就卷铺盖回到了农村的家，里里外外地照应。为了维持生计，在农闲时节，他就背起父亲在世时遗留下来的猎枪进了山。好多年没人进山打猎了，山里的野物还真不少。他每次到山里去，从未空手而归，最不济也能打只山鸡回来。

有一天，他不知不觉来到了大山深处。他正四下张望时，突然发现山崖处的草丛在不停地晃动，还伴有轻微的"吱吱"的动物叫声。他又惊又喜：兔子？狐狸？还是狼？他平端着猎枪，右手的食指紧扣扳机，蹑手蹑脚地蹚摸过去。他悄悄走到一个地势较为高一些的石岩上，才看清是两只小狼崽，看样子也不过满月！它们身后隐约可见有个小洞口，毫无疑问，那里是它们的家。他没有犹豫，瞄准两只缠绕在一起玩耍的小狼崽扣动了扳机，因为子弹是散装的铁沙，这一枪把两个小狼崽都撂倒了。这时，他才猛然想起，有狼崽必有大狼！他把狼崽干掉了，狼崽的父母岂能饶了他？他便慌不择路返回了。

当天晚上半夜时分，村里来了一只狼，围着他家的房子呜呜狂嗥起来，听起来不但令人毛骨悚然，还十分凄楚悲伤。在明亮的月光下，他从门缝里看清，那是一头母狼！他明白，这是那两只小狼崽的母亲，它是来报复的。一家人顿时惊慌万分：他把插上的大门又顶上了两根木棍，猎枪装上子弹，一动不动地守在窗户边。他妻子抱着哇哇直哭的妞妞在房间里来回走动……天快亮的时候，那只母狼才呜咽着离去。除了不足半岁的妞妞时哭时睡外，他和妻子一夜没敢合眼。

妻子揉了一下熬得通红的眼睛，说这可怎么办？狼的报复心极强，它还会来的！他点点头，说我还得进山去，必须把这头母狼杀掉！

于是，他又背着猎枪带上短刀进山了。一连几天，都没找到野狼的踪迹。可是每天晚上，那只母狼都来他的家门口哭嗥。他曾试图击毙它，放了几枪都没击中，但在最后那天晚上，他把母狼的腿打伤了，母狼一拐一瘸地逃走了。此后，母狼再没来过，他却一天也没放弃寻找母狼的机会。他明白，狼性凶残，母狼决不会就此善罢甘休。

秋庄稼成熟了，他没再进山。那一天，妻子把吃饱奶水的妞妞哄睡后，也去田地里陪他收割玉米。不到半个小时的光景，邻居慌里慌张跑来叫他们——妞妞让那只瘸狼叼走了！这消息不啻于晴天霹雳，一下子把他们吓懵了，好半天才回过神来，一步一跌地往家赶。床上没了妞妞的影子。家里已挤满了闻讯赶来的乡亲，大家你一言我一语地议论着。他仔细瞅了瞅地上，没发现有血迹，他的心里才略微轻松了一些，但想到是被那只瘸腿的母狼叼走，肯定凶多吉少，他的心又提到了嗓子眼上。他背着猎枪叫上十几个手提木棍和砍刀的村民匆匆忙忙进山了。一座岭一道沟，一架梁一条河，大家筋疲力尽直寻到夜黑了又亮，也没见瘸腿母狼和妞妞。看到大家劳累不堪的样子，他也料到妞妞肯定是没命了，便不忍心让大家再漫无目的地找下去，就少气无力沮丧地说我看是没希望了，咱们回吧。

回到家里，看到妻子在左邻右舍的劝说下，依然哭得昏天暗地，嗓子都哑了。他就抓了个干硬的馒头，喝了半碗水，又叫上几个知己的亲戚朋友上山了——即便姐姐被瘸腿母狼祸害了，也要找到瘸腿母狼，打死它！……可惜找到天黑，还是一无所获。

一天，两天……半个月过去。他终于发现了瘸腿母狼！大家都忙着收拾庄稼，顾不得他这件事了。这一天，唯独他一个人背着枪上了山。他看见在一块较为隐蔽的大岩石下，瘸腿母狼背对着他躺在地上，似乎在睡觉。他忍耐着狂跳的心，悄悄迂回过去，瞄准瘸腿母狼，"吧嗒"一扣扳机，铁沙扇面形扫射过去，瘸腿母狼连哼都没哼一声就翻倒在地上。同时，他也惊呆了——在瘸腿母狼身边还躺着姐姐！身体尚温热的姐姐也中弹死去！而且，姐姐的小嘴噙着瘸腿母狼饱满的乳房！

他哇地狼吼般大叫一声，狠狠把猎枪摔到了山崖下！

卖不出去的羊

真是怕处有鬼痒处有虱，老贵担心的事情终于发生了——女儿梅花考上了大学！

老贵阴沉着脸，不住地唉声叹气。去年疾病缠身多年的父母一先一后过世，虽然简简单单地把丧事给办了，连同二老落下的医药费，还是塌下了一屁股的债；老伴的哮喘病时常发作，手里宽余时就抓几副中药煎熬，不宽余时就躺在炕上干熬……好在二闺女荷花初中没毕业就辍学了，最小的儿子富贵在村小学读书，学校也给免了学杂费。但是，一家人的吃喝拉撒，穿衣戴帽，指望老贵土里刨食去经营，难啊！老贵不是不巴望梅花考上大学，而是愁那几年的学费从哪儿倒腾呢。这不，通知书上红纸金字写着，第一学期的学费九千块，这还让人活不？

而梅花呢，明明清楚自家的罐里有几个米，偏偏嚷着非要上这个大学不可。老贵又气又急，却又不好说什么。

梅花说得有板有眼。她说爹，咱家里穷，就更应该想法让我上这个大学，只有走出山村，咱家才有可能红火起来。

老贵张了张嘴却没说什么，心说这几年大学下来，咋说也得几万块，只怕没等红火起来火就灭了。

荷花放羊回来了。见此情景，她快言快语地对老贵说，爹，俺姐几个晚上都没睡踏实，哭了好几回呢，她说要是不让她上这个大学，她就离家出走。

老贵的心就不由地抽搐了一下，瞪了梅花一眼，说傻闺女！他又看了一眼荷花牵回来的那只波尔山羊，就狠了狠心，长叹一口气，说那好，明天我就去集上把这只波尔山羊卖了。

梅花和荷花同时惊叫了一声：爹！她们知道，家里这只唯一的波尔山羊是年初乡里扶贫时，村主任跑前跑后给争取来的，全家人的希望就都在这只羊身上了：娘的药费，爹的防寒帽子，弟弟的新书包……眼下这只母波尔山羊已经怀上了羔，卖了实在可惜啊！

老贵少气无力地说，卖吧卖吧，凑一点是一点。

村子不大，老贵要卖羊的消息短时间内就传遍了村里的每一个旮旯角落。

村主任先来了，说老贵你真的要卖羊？

老贵不敢正视村主任的眼睛，说村长，我也是没办法呀。想当初，村主任把羊牵到他家时，反复交代他要喂好羊。村主任还半开玩笑地说要像侍候他爹那样侍候这只羊。老贵还感激地拍着胸脯保证，说村长你说错了，我一定像对待俺儿子那样对待羊！可是这当口，他老贵提出要卖羊，愧对村主任啊。

村主任摆了摆手，笑着说老贵，我今天不是来问罪的，我是来买羊的。

老贵愣愣地瞅着村主任，简直不敢相信自己的耳朵。

村主任说啥都别说了，孩子上学要紧……给，这是八百块，贵贱就是这。说着话，村主任把一卷子钱塞到老贵怀里，不由分说就牵着那只波尔山羊走了。

老贵怀里揣着八百块钱，实在高兴不起来，脸上还是布满了愁云。并不是羊价卖得低，因为梅花的学费是九千块，其余的去哪里剜腾呢？亲戚朋友的旧债没还，咋好意思开口再去借呢？左邻右舍的家底也都一清二楚，日子好不到哪里去……他老贵能不愁？

想不到，到了下午，村主任又牵着那只波尔山羊回来了。

老贵心里一惊，说村长你不要羊了？

村主任点点头，继而诡秘一笑，说现在羊是我的了，我有处理它的权利。

老贵疑惑不解，说那是那是。

村主任把羊拴到院子里的一棵树上，然后对老贵说，我现在把羊送给你，你再卖一次吧。说着话不等老贵他们回过神来就走出了院子。

荷花兴奋地抚摩着羊，说爹，咱就再卖一次。

梅花皱着眉头对老贵说，爹，这不合适吧？

老贵感慨地说，权当咱借村长的，以后有能力再还吧。

这时候，隔壁的树林爷过来了，他拿出六百块钱交给老贵，说他要买那只波尔山羊。令老贵想不到的是，树林爷连羊也没牵就扭头走了。

老贵攥着树林爷的背影"哎哎"地叫着。

树林爷回过头来，咧嘴一笑，说老贵，我把羊又送给你了，你就再卖一次吧！

老贵停住脚步，眼里一下子汪出了泪。梅花，还有荷花，她们的眼睛不停地扑闪着，似乎明白了什么……

就这样，老贵的羊被村里的老少爷们"买"了三十多次，最后羊还在他家的院子里拴着，兴奋地"咩咩"着。

梅花如愿以偿地上了大学；在梅花的鼓动下，老贵也同意荷花上学了……自然，这是后话。

河南小伙

瞅着老乡和绅似的给工头说着抹了蜂蜜似的话，差点儿叫人家大爷时，他真想掉头就走，但他没有，连日来的奔波使他几乎绝望，口袋里的钱所剩无几，今天若是再找不到事儿做，明天只有去沿街乞讨。工头看他虽然瘦得像根豆芽，但个头像根电线杆，又一脸憨厚之相，就点头答应了，说："我不管你是啥文凭，也不管你是哪儿的人，只要有力气就行。你明天来上班，今儿晚上可以住在你老乡那儿，但晚饭你得自个儿解决……"工头说这话时，一脸的皇恩浩荡。

从建筑工地出来，他的心里像掠过一阵柔和春风似的滋润，走在北京繁华的街头，感觉到眼前的一切是那样的美好、亲切。千里迢迢从河南乡

第二辑 ╱ 爱是等价的

下来到北京，他是想赚大钱的，即便挣不到大钱，起码也得找个轻松的活路……他跑了不少地方，才知道他是痴心妄想，因为他连报名的资格都没有，他怀里揣的仅仅是高中文凭，他还是一个河南人——好多单位的招聘启事上都注明"拒绝河南人"。他不知道近一亿的河南人究竟什么地方得罪了北京人，他也没有精力去研究。自己一没大学文凭，二没手艺，除了流汗卖血，有啥营生可干？若不是那个工头开恩，今晚又得流浪街头……这么一想，他心中就幸福多了。

他循着一阵强劲的音乐声来到了一个绿草如茵的广场，那里正在举行一场募捐演唱会。从主持人的口中得知，演唱会是为北京某郊县中学考上全国名牌大学的8名贫困生筹集学费，这8名学生的家里都比较贫困，若得不到资助，他们将无法走进大学的校门。他看到，不时有穿着时髦或打扮光鲜的男男女女走到摆在舞台下面的捐款箱面前，最多的三千，最少的十元……

舞台上一位光芒四射的歌星正在淋漓尽致地唱着《爱的奉献》。

他把手伸进口袋里，准确地摸到了那张一元纸币。直到主持人宣布演唱会即将结束时，他犹豫了片刻，才红头涨脸地走到捐款箱前，把那张早已攥得皱巴巴湿漉漉的一元纸币塞了进去。

主持人发现了新大陆，忙袅娜地走过去，燕啭莺啼般地问他："你是外地的吧？从哪里来的？"

他手足无措地站在那里，很不自在。瞅着主持人伸到面前的话筒，他挠了挠蓬乱的头发，嗫嚅着说："我打河南巩义来……"

主持人紧追不舍："你身上可能没有多少钱，为什么捐一元呢？"

他的脸羞成了朝阳，额头上渗出了细密的汗珠，结结巴巴地说："我身上只有一块五毛钱了，想多捐也拿不出来。"

主持人愣了一下，说："没想到会是这样。那你为什么还要捐呢？"

他用胳膊抹了一下额头上的汗，说："遇到有困难的，应该帮一帮。我就是因为没钱上学才出来打工的，我不希望我的遭遇在这几个学生身上重演。"

主持人赞许地点点头，微笑着问："那你为什么不把这一块五毛钱都捐了呢？"主持人问这话时，丝毫没有恶意。

他咧嘴一笑，挠了一下后脑勺，忸怩着说："我来北京二十多天了，带的五百块钱只剩下这一块五了……明儿个到一家工地打小工，吃住都不愁。这五毛钱我晚上还得买两馍填肚子呢。"

主持人带头鼓起掌来。台下的观众一阵喧哗和骚动，有一个西装革履的中年男子高声说道："小伙子，我是一家服装厂的老板，你愿干就到我那儿去，想学裁剪缝纫就免费教你……"中年男子的话音刚落，又有好几个人表示愿意帮助他。

他又惊又喜，显得很激动。在主持人的热心参谋下，他权衡再三，跟着那个中年男子走了。临走时，好多人上前留了名片，对他说了许多鼓励和祝福的话。那一刻，他的眼睛湿润了。

生命

青青醒过来的时候，四周一片漆黑，浑身又困又疼，她感到身上像箍了一道"紧箍咒"——她这时候才明白过来，张老师还在用双臂紧紧抱着她。她惊恐地叫道："张老师，张老师……"可是，张老师的双臂没有松开，他已经不能说话了，他的身体僵硬，手都没了温度，冰凉冰凉的。

青青突然间有种想哭想流泪的感觉。她记得，当地震来临的时候，同学们都慌作一团，不知所措。张老师让同学们赶快跑出教室，有的同学吓傻了，根本不知道往外逃，张老师就一次拽上两个同学往教室外拉。已跑出教室的青青见状，就又返回教室，协助张老师去救援同学。当她和张老师最后一次冲进教室的时候，教室瞬间坍塌了。在那一瞬间，张老师把她紧紧搂在了怀里，用他那高大的身体遮挡着房顶上震落下来的东西。青青感觉到，那一刻好像有一根房梁重重地砸在张老师的身上。一股强大的力量把他们摧到了一个角落里，她当即就昏了过去。

青青意识到了自己的危险，但是她没有哭。她想，一定要活着出去，完成学业，干出一番事业，不能辜负张老师的希望。张老师是个很敬业的老师，不但在学习上关心同学们，在生活上同样给同学们以温暖。他曾对大家说过，我要摘下自己的翅膀，送给同学们飞翔。现在张老师就在身后看着自己，不能给他丢脸。青青想掰开张老师的手，但是，张老师的两只手像铁钳一样紧紧扣在她的胸前，她根本掰不开。她就摸索着找了根铅笔，在面前的废墟上划拉，然后用手刨。也不知道刨了多长时间，终于刨出了一个巴掌大的口子。她想再把口子扒得大一些，已经无能为力了，一方面豁口的周围都是断裂的水泥板，另一面是张老师还在抱着她，她有力使不上，而且她的两只手的手指头都给磨破了，不断地渗着血，钻心般地疼痛。

听到外面有人隐约说话，青青就大声喊道："叔叔，我在这儿……"说是大声，其实她的声音已经很微弱了，她感到又饥又渴，没有气力了。遗憾的是，外面救援的人员没有听到她的呼叫，走远了。她于是停止呼叫，她要保存体力。她又担心，没有人发现她怎么办？一时间，她感到了害怕，感到了寒冷，感到了饥饿。她忽然记得曾摸索到一本书，就急忙捡起来，趁着外面的光亮认真看起来……只有这样，或许能忘记一切痛苦。事后，她对大家这样解释道。

又有人走过来了，青青忙大声喊道："叔叔，我在这儿。叔叔，我在这儿……"幸运的是，这一次，外边的救援人员终于听到了青青的呼叫。

　　救援人员查看了现场后，迅速展开了营救。一个救援队员把一瓶矿泉水递给了青青，安慰她要坚强，不要害怕。青青说叔叔，我不害怕，你们别替我担心。说着话，青青就轻轻唱起来："两只老虎，两只老虎，跑得快，跑得快。一只没有眼睛，一只没有尾巴，真奇怪……"

　　青青的歌声让在场的救援人员感动万分，精神大振，他们不顾连日救援带来的疲惫，加快了抢救进度——他们用满是伤痕的双手在清理着废墟。

　　最后一块断裂的房梁搬开了。在场的人员都被眼前的一幕惊呆了：张老师像一只展翅欲飞的雄鹰，身体和双臂紧紧护着青青。可是，由于张老师紧抱青青的手臂已经僵硬，医护人员只得含泪将张老师的手臂锯掉才把青青救出。

　　张老师真的摘下了自己的"翅膀"，让青青飞翔——他已经身亡，而青青却活了下来。

爱的礼物

　　这是多年前的事了。

　　那时，海子在镇里的初中上学。有一个在母校念过书的成功人士，可能是个企业家，也可能是个政府官员，具体身份海子记不清了，海子只记得那位成功人士当时带去了好多东西，整整一小汽车后备箱，有书包、笔记本、课外书，还有衣物、饼干等等。不管是学生还是老师都很高兴，因为在那个年月，物质生活十分匮乏，学校就更不用说了。大家众星捧月般围着那位成功人士，把他视为救苦救难的菩萨，如同天方夜谭似的听他讲外面的世界有多精彩……他离开学校后，老师把他带来的慰问品分发给同学们了。由于海子一直品学兼优，分到了唯一的一个文具盒。

说实在话，当老师把文具盒给海子时，海子还不知道它是干什么用的。老师说是文具盒，海子才知道是文具盒，是专门存放学习用具的。文具盒很精致，很漂亮，材质是铁皮的，外面涂了一层花花搭搭的颜色。盖子上的图案是天安门城楼，底面的图案是万里长城，盒子里面还装饰有乘法口诀、课程表格。可以说，当时在整个学校，没有一个学生用过文具盒。那个年代，在偏远的小镇，文具盒尚属于奢侈品。海子只有一杆钢笔，平时不用时是装在娘用布缝制的一个袋子里，若用文具盒装一杆钢笔就有点大材小用，就有点浪费了。尽管如此，海子依然爱不释手，很喜欢。

海子的爹死得早，是娘一把屎一把尿把他带大的。海子刚上初中那会儿已经懂事了，不想上学读书，想回家帮衬帮衬娘。娘没有同意，说你不想让娘吃苦受累，就得好好学习，有本事了，娘就能享上清福。为了供他上学，在农闲时节，娘就到山上砍柴，即便是寒冬腊月也不例外。家里条件差，娘连一条围巾都没有。每年冬天，脸上被冻得青一块紫一块的。海子就想，等将来赚到钱，先给娘买上一条围巾。看着手里的文具盒，海子觉得机会来了。

等到了星期天，海子拿上文具盒来到镇里的代销点，想用文具盒换一条围巾。起初，营业员不同意。代销点里没有经销过文具盒，不知道它的具体价格，不愿意换。海子不死心，一会儿叫人家姑一会儿喊人家姨，把营业员叫得很不好意思，不得已才答应海子的请求，让他用文具盒换走了一条蓝色的围巾。海子不敢直接把围巾拿回家，他怕娘不要。想了想，就以"一个好心人"的名义在镇邮电所把围巾寄给了娘。

海子再次回到家后，并没看到娘围上那条蓝色的围巾，海子也不敢多问，他想，娘也许舍不得戴，要等到过年才戴。那时候，只有过年了，人们才穿新衣戴新帽。

年终期末考试，海子又一次名列前茅。当娘得知消息后，一边夸他一边直抹眼角，说海子，你真争气，娘要奖励奖励你。海子以为娘又要给他煮鸡蛋吃，以往每次考到好成绩，娘都要给他煮鸡蛋吃。

海子没有想到，娘变魔术似的给他拿出一个文具盒——盒盖上的图案是天安门城楼，底面的图案是万里长城！

看到文具盒，海子的思维出现了短路，一下子没反应过来。

娘得意地说，这是一个好心人给你寄的。你要好好学习，不能辜负了人家的心意。

海子回过神来，猜测，准是娘又把文具盒给换了回来。

后来，海子去镇里的代销点打听。那个营业员兴奋地告诉海子，文具盒摆在柜台里多天都没人问……一个农村老大娘用一条蓝色的新围巾换走了文具盒。

方丈全明

距老庙镇不远的山脚下有个静云寺，很有些年头了。从寺内的碑文来看，该是宋朝时期的建筑。这个寺的基础是石头，基础以上全部是木结构的，历经战火和风雨，居然毫发未损，本身就是个奇迹。从史料上来看，静云寺过去一直比较辉煌。但是，这个寺的香火眼下并不旺盛。

究其原因，这与方丈全明有关。

的确，全明这个和尚循规蹈矩，俗话讲死心眼，为此得罪了不少香客。如有香客带有小孩，他不准人家进寺，说寺院是清净道场，不是游乐场所，担心孩子在寺内嬉闹、奔跑；如有香客穿裙子短裤拖鞋背心，衣帽不整，他也拒绝人家入内，搞得跟进白宫或是五星级宾馆似的，等等。结果搞得香客很不愉快，拿着猪头还能找不到别的庙门？香客们都到别的寺院去了。长此以往，香客就日渐稀少了。

几年前，老庙镇的计生干部找到全明，因为上级主管部门来检查，计生干部准备让本镇两个计划外的孕妇躲在寺内生产，条件是镇里给静云寺捐一万块钱。按说，这是两全其美的事。但是，全明毫不犹豫地拒绝了。

全明这样做，不但把附近的香客得罪了，寺内的和尚也对他不满，因为少了香客，等于少了供奉。和尚也是人，也想改变自己的生存环境啊。如果没有香火钱，愿望当然实现不了。但平心而论，对全明不满的和尚也是极个别，大部分对他还是蛮尊重的。毕竟全明是在按照寺院的规矩、佛家的信仰来行事。

天有不测风云，人有旦夕祸福。一场大地震不期而至。老庙镇的不少建筑瞬间夷为平地，包括镇政府、学校等一些公共场所。幸运的是，镇妇幼医院没有垮塌，但房子摇摇欲坠岌岌可危，已经成了危房。病房内还有十多个产妇，必须尽快转移。说起来容易，做起来难，转移到哪里呢？院长急得如热锅上的蚂蚁。当他听说静云寺还平安无事后，来不及多虑，立马跌跌撞撞跑到静云寺，请求方丈全明，让医院把十多个产妇转移到寺内。

全明双手合十，默念一声"阿弥陀佛"，然后睁开眼睛，让院长快快把产妇转移过来。

在场的和尚交头接耳，议论纷纷，都说，寺院是佛家清净之地，怎么能让产妇入内？她们要是生产了怎么办？这可是犯了寺院的大忌啊。

全明朗声说道，佛祖讲究的是普度众生，我们是在救人，难道救人也有错？如果我们见死不救，那才是犯了我们出家人的大忌！

全明一席话把大家说得哑口无言，满面羞愧。

镇妇幼医院的十多个产妇被顺利安置到了静云寺。

半夜，有个产妇要临盆。由于震后停电，全明就让人点燃蜡烛照明，可是要剖腹产，没有足够的光线，手术不能进行。全明找来了三支手电，默念着"阿弥陀佛"，亲自在一边打着手电。手术顺利进行，孩子呱呱坠地，孕妇一切平安……

不巧的是，第二天下起了雨。问题又出来了：寺内的各个殿里已经没有空闲的地方——有几个产妇被送来后安置在了寺院的院子里。下雨了，寺内没有遮雨的棚子。院长也急了，是真急了，差点要哭出来。

这一次，全明主动找到院长，然后把寺内的僧人召集到一起，要大家联手把大雄宝殿里的佛像都搬出去，让产妇住进来。

一石激起千层浪。有不少和尚公开反对全明这么做，说他这样做是在亵渎佛祖。

院长见状，也急忙说道，方丈，这怎么可以？

全明坦然一笑，说这怎么不可以？佛祖讲究的是慈悲为怀，解脱众苦，引导众生在茫茫的人海中驶向平安的避风港。常言说无事不登三宝殿，说的是上佛殿总是有求而来。现在大家有了难处，为何不可以住进大雄宝殿呢？若佛祖有灵，也会同意我这么做的。

随后，全明又对众和尚说，如果我这样做触犯了佛祖，就让佛祖惩罚我一个人吧。

全明把话说到这个分上，大家自然都无话可说。

就这样，大雄宝殿里的佛祖被请了出去，院子里的产妇才免遭雨淋……

此后，去静云寺上香的人越来越多了。

警察

　　大军遭到几名歹徒的围攻，终因寡不敌众，身受重伤。看到他倒在了血泊之中，几名歹徒逃之夭夭。

　　在医院，虽经医生的全力抢救，大军暂时脱离了生命危险，但依然昏迷不醒。权威医生宣布，如果病人醒转不过来，有可能成为植物人。

　　这下可急坏了大军的亲戚朋友和他所在单位的同事，他们都一脸焦急，求救似的看着医生。

　　医生说，唯一有希望的办法，就是病人最熟悉的人在旁边不停地呼唤他，有可能刺激到他的意识，把他唤醒……以前也有过类似成功的病例。

　　大军的母亲软着身子趴在病床前，强忍着悲伤，泪眼婆娑地说，大军，妈苦拉苦掖把你养这么大，容易吗？妈现在老了，指望你养活呢，你不能丢下妈不管啊？你说过要陪我去北京旅游，要我等到什么时候呢？大军，你醒醒啊？

　　大军气如游丝，两眼紧闭。

　　大军的母亲就一脸失望，重重地叹了口气。

　　大军的妻子柔声说妈，你别怪大军好吗？说罢她趴在大军耳边，说大军，眼看着中秋节要到了，咱们终于可以过上一个团圆节了。自从你参加工作后，咱们一家人就没在一起过上一个中秋节。大军，你快快醒来啊。你不说过我们要白头到老吗？你可不能说话不算数，我等着你！她说着话，眼里的泪就悄没声息地爬了出来。

大军依然无动于衷。

大军的母亲上前拉过媳妇，说孩子，你可别怨恨大军啊。

大军的妻子凄然一笑，缓缓摇了摇头，说妈，你想到哪儿去了？

大军的儿子擦了一把脸上的泪，说爸爸，你快醒来，我等着你带我去公园玩呢，我长这么大你还没带我去玩一次呢。你答应我很多次，可一次也没兑现。爸爸，你可不能骗我啊。

大军面无表情，像是熟睡了一般。

大军的妻子把儿子揽在怀里，儿子忍不住唏嘘有声地哭起来。

大军的朋友说大军，你小子别装糊涂，我等着你下象棋呢。咱哥俩下了这么多年，我还没赢过你，我不服啊……说着说着，他也哽咽着说不下去了。

大军好像充耳不闻，不在意朋友说的话，没有睁开眼睛。

大军的同事走到床前，说大军，你一直资助的两名高中学生今年都考上了大学，他们等着给你报喜，等着让你去送他们上大学，你要尽快醒来。

遗憾的是，大军还是没有醒来。

单位的领导走上前去，说大军，快醒醒，有任务！

谁也想不到，奇迹出现了，只见大军慢慢睁开了眼睛，用微弱的声音说道，局长，我保证完成任务。

大军是一名警察！

还债

　　丈夫出车祸的噩耗传来，美丽一下子昏了过去。

　　老天怎么这么不长眼呢？病了多年的公爹前年去世，婆婆一直瘫痪在床，小叔子患有癫痫病，两个孩子还小……为了这个家，丈夫借六万块钱买了辆货车，这才跑了不到三个月，就出现了车毁人亡的悲剧。丈夫没了，等于说这个家的天也塌了，怎能不令美丽肝肠寸断？

　　处理罢丈夫的丧事，美丽心力交瘁，六神无主，不知道今后的路该怎么走。

　　娘家有人劝美丽改嫁，离开这个火坑，美丽断然拒绝了。她说，我要离开这个家，婆婆怎么办？小叔子怎么办？

　　美丽的泪水未干，她就隐隐约约听到了乡亲们的议论，有的说，人死了，他欠下的债只怕要泡汤了。

　　美丽心里一惊，这才想起家里还有多年背负下来却又理不清的债务。到底欠人家多少钱？美丽不知道，往来款项都是经丈夫的手，而且没有借条。如果不还，对得起乡亲们吗？以往家里有难处，都是乡亲们帮忙给解决的；如果不还，只怕丈夫在九泉之下也不会原谅自己的。丈夫生前，赚了点钱，哪怕自己不花，也要急着还人家的……美丽思来想去，决定替丈夫还债。可是眼下，丈夫没了，婆婆有病，小叔子生活不能自理，小女儿嗷嗷待哺，大儿子面临辍学的困境，去哪里弄钱还账呢？

当得知美丽的决定后，有不少人劝她，有的说："人都死了，还什么账啊？"有的说："那些债务没有凭据，你不还，法律上也说得过去。""你们家这么个遭遇，你拿什么还啊？"

美丽说丈夫生前口碑很好，我不能让别人说他的闲话。

美丽说我现在没钱，先把债认下来，等有了钱再还。

主意一定，美丽就请人写了一张告示张贴在村口，内容大致如下：各位乡亲好友，如与我丈夫生前有经济来往账目的，即日起请与其家属联系，以待清理解决。落款者当然是美丽。

消息传出后，有不少人抱着试试看的态度上门讨账。美丽热情招待，从不厌烦。有人说丈夫欠他三千，美丽就写一张三千的欠条；有人说丈夫欠他一万，美丽就写一张一万的欠条……

美丽没有想到，家里竟有这么多的债务——她先后共写了八万多元的欠条！她说我不后悔，既然认下了这些债务，就一定要还。

为了还债，美丽恨不得把一分钱掰成两半花，节衣缩食吃糠咽菜不说，农闲时节，拉着个架子车，把孩子放在车上，走村串户回收破烂……

这天，邻村一位开矿的张老板找到美丽，给她送去了十万元，说是他欠美丽丈夫的运费。

美丽又惊又喜，丈夫可能给他拉过货，会有这么多运费？不可能的事情。

但是，张老板还是执意把钱给了美丽。

有了这十万元，美丽很快还清了所有的欠款，而且用剩余的款项开了家小吃店，生意日渐兴隆起来。

日子好了起来，但美丽依然省吃俭用，非常简朴。她说，我要攒够十万元，还清最后一笔欠款。

有好事者问，美丽你是不是要还张老板那十万元？

美丽笑了笑，没有说话。

寒冬里的暖意

天寒地冻，北风呼啸，火车站站前广场依然人潮涌动。

一个没有双腿、十二三岁的小男孩"坐"在广场一角，他面前放着一个搪瓷茶缸，里面有零星的角币和分币，看样子拢共也不过两元钱。一看这个样子大家都知道，小男孩是个乞丐。

有不少人从小乞丐面前经过，大多是瞟上一眼，尔后扬长而去，好像无视他的存在。小乞丐眼巴巴地看着从他跟前经过的每一个人。已经有大半天了，没有一个人停下来往小乞丐的搪瓷茶缸里扔钱币。一对年轻情侣与小乞丐擦身而过，走出两步远，那个女的又停下脚步，扭过头来，一边去翻看自己的小提包。那个男的明白过来，轻轻拉了女的一把，说别发慈悲了，现在这样的骗子太多了，说不准人家家里比我们还富裕。女的一边扒拉提包一边说，没有零钱，算了。说罢把挎包甩到肩上，和男的飘然而去。

天空飘起了零星的雪花，小乞丐身上穿的棉袄破烂不堪，根本抵御不了寒冷，不住地瑟瑟发抖。

人来人往，脚步匆忙。雪花给小乞丐披上了一层白，他抖落身上那层白，依然保持着原来的姿势。

这时，过来一个拄着拐杖的老人，他在小乞丐身边停下来，认真看了看小乞丐，然后从口袋里掏出一把钱放在小乞丐面前的搪瓷茶缸里，搪瓷茶缸一下子满满的。小乞丐又惊又喜，忙给老人磕了一个头："谢谢老爷爷！"老人爱怜地抹拉了一下小乞丐头上的雪，说："孩子，天太冷了，回家吧。"小乞丐点点头，把搪瓷茶缸放进胸前的布袋里走了，不，是两手撑地，屁股一下一下往前挪动的。

老人看到小乞丐"走"远了，就放下拐杖，在小乞丐坐过的地方坐了下来——原来，老人也是一个乞丐。

故事并没有结束。

大约一年后，小城一个年轻人患上了白血病，要进行骨髓移植手术，需要很大一笔费用，可是小伙子家境贫寒，拿不出这笔费用。年轻人的朋友就自发做了个"爱心捐款箱"到街头为小伙子募捐。

那一天也异常寒冷，"爱心捐款现场"很冷清——也可能是天气寒冷，人们很少出门，不知道这里有个"爱心捐款现场"。当然，偶尔也有人行色匆忙而过，当他们注意到"爱心捐款箱"后，行色更加匆忙了，有人冷言冷语地说，说不定是个骗局呢。是啊，不是有关部门组织的，谁会相信呢？

这时，那个小乞丐"走"了过来。

"爱心捐款箱"旁边的组织者以为小乞丐是过来乞讨的，抱歉地笑着说："小朋友，实在不好意思，我们也是乞讨的，没有钱给你啊，你还是别处去吧。"

小乞丐说："叔叔，我是来捐款的。"

等"爱心捐款现场"的组织者明白过来，小乞丐已把身前的口袋里的钱币一下一下塞进了空荡荡的捐款箱里。

有记者捕捉到了这个镜头并把照片刊登在了报纸上。

白血病患者看到报纸后，一下子泪流满面——他认出了小乞丐——他就是一年前阻止女朋友给小乞丐捐款的小伙子。

记者又写了篇后续报道，很快又引起读者的强烈反响。

故事的结局很美好很温馨：社会各界纷纷给小伙子捐款，在短时间内筹集到了全部医疗费用；小乞丐也被一个企业老板领养。

传奇

放学的铃声一响，似乎转眼之间，同学们都一个个兴高采烈地被爸爸妈妈接走了，唯有丫蛋形单影只，孤零零走出了幼儿园大门。那一场突如其来的大地震，使得丫蛋永远见不到爸爸了，妈妈的一条腿也残废了。为了养家糊口，妈妈一天到晚就在街口卖烤红薯。妈妈给学校老师求情，说丫蛋今年都五岁了，非常懂事。学校这才破例，每次放学后，丫蛋不需要家长接，可以独自一个人回家。学校与家相隔不远，不到两里地。如果丫蛋在路上不玩耍，也就十分钟左右的时间。

风呼啸着，刀子一样刮着人的脸。丫蛋背着小书包，东张西望，磨磨蹭蹭不愿赶路。忽然，他看到前面不远处围着一堆人，还不时传来阵阵喝彩声，他这才一蹦一跳跑了过去。

原来是一个坐在轮椅上的中年汉子在表演魔术。丫蛋赶到的时候，他正在表演"空手取物"的魔术——他伸出空荡荡的双手，让大家看看，确认他手里没有什么东西。然后，他的两只手捂在一起，翻来覆去地转动。同时，他用嘴往手上吹了三口气。接下来，他的右手猛地往前一伸，像是要抓什么东西似的。待他打开攥着的右手，手心里竟然有一只乒乓球！围观的人都拍手叫好，嚷嚷着让他再表演一个。

丫蛋脱口说道，叔叔，您给我变出一条红围巾好不好？

围观的人愣了一下，明白过来后都跟着起哄，让中年汉子赶快变出一条围巾来。

中年汉子面红耳赤，手忙脚乱。

丫蛋以为中年汉子不给他变，忙说叔叔，我妈妈没有钱买围巾，脸冻得又青又红……我想让您给她变一条红围巾。

中年汉子回过神来，说小朋友，叔叔可以给你变，但现在叔叔肚子饿了，饿了就变不出围巾，我明天给你变好吗？

旁观的人都轰地声四下散去了，他们根本不相信中年汉子的话。丫蛋认真看了看中年汉子，重重地点了点头，满怀希望地回家了。

第二天，天空飘起了雪花。下午一放学，丫蛋就飞快赶到了老地方。由于天气恶劣没有观众，中年汉子没有表演魔术，他的身上披了一层雪花，从远处看，简直就是个雪人。丫蛋两眼一亮，喊了声"叔叔"。

中年汉子忙说小朋友，叔叔今天就给你变出一条围巾来。说罢，中年汉子舞乍两手，没有舞乍几下，果然就变出一条红色的围巾！

丫蛋怔了一下，兴奋地"哇"地叫了声，抓起围巾转身往家里跑去。

因为路滑，中年汉子的轮椅走得很慢。他没有走出多远，丫蛋就气喘吁吁追上来，从书包里掏出红围巾要还给中年汉子，撅着嘴说，妈妈说了，不能要叔叔的东西。

中年汉子想了想，说叔叔的东西是变出来的，是专门给你变的，你不要谁要啊？叔叔能变出来的东西太多了，家里都没地方放。

丫蛋想不出反驳的话来，才又把围巾装进书包，高高兴兴地走了。

第三天，天放晴了。这天是个星期天，中年汉子正在那个地方表演魔术，丫蛋呼哧呼哧跑来了。

丫蛋眼睛一眨巴，说叔叔，你给我变出两个烤红薯好吗？

这孩子怎么捣乱来了？中年汉子为难了，不知道该如何应对这个场面。

围观的人都想看热闹，催促中年汉子变烤红薯。其中有个小伙子冷嘲热讽道，说你不是会变吗？赶快变啊？你要能变出烤红薯来，我给你一百块钱！

这个、这个……中年汉子张嘴结舌，真急了。

谁说叔叔变不出来？叔叔变的烤红薯在我的兜里呢。丫蛋说罢，把两只烤红薯从兜里掏出来，趁着中年汉子愣怔的时候，放到他手里"咯咯"笑着转身跑了。

呵呵，这个孩子！拿着热乎乎的烤红薯，中年汉子的眼睛湿润了。

此后，丫蛋和中年汉子就成了非常要好的朋友。中年汉子经常给丫蛋变出书包、变形金刚、作业本等学习用具和玩具来。丫蛋呢，也常给中年汉子带一些好吃的，如葱花油馍、豆腐包子、三鲜饺子，更多的则是烤红薯。

大约一年后，有一天，丫蛋忽然对中年汉子说，叔叔，你给我变出一个爸爸来好吗？别人都有爸爸，就我没爸爸。丫蛋说罢，显得很无奈，很无助。

中年汉子拉过丫蛋的手，苦笑着说丫蛋，这个叔叔真做不到。

叔叔撒谎，妈妈说叔叔能给我变出一个爸爸来。丫蛋天真地说道。

你妈妈？中年汉子心里一动，似乎明白了什么。

那不是，妈妈来了。丫蛋叫道。

中年汉子抬眼一看，看到一个拄着单拐的女人一步一步朝他走来，女人的脖子上围着一条鲜艳的红围巾。中年汉子迟疑了一下，转动轮椅迎上前去……

后来，丫蛋就改口叫中年汉子"爸爸"了。

第三辑

一道亮丽的风景

康乡长的忙

　　南湾村地处偏僻，山里没什么矿藏资源，村里也没一家企业，是石庙乡有名的穷村，别的地方早几年都奔上了小康，这个村的温饱却还解决不了。几十年来，山还是那座山，河还是那条河，一如过去的山清水秀，没什么变化……新上任的康乡长到任后，听说了南湾村的情况，就抽个双休日下乡了。

　　南湾村村主任老贵喜出望外，以为又是康乡长来给他们送扶贫款救济物资的。谁知康乡长一分钱也没给他捎，一壶油也没给他带，而是让他领着去山上、河边瞎逛。老贵不知道康乡长的葫芦里卖的什么药，遂心一横，只管吊着脸说村里的小学校舍破破烂烂该补了，说村里的道路坑坑洼洼该修了，说他老贵在村委多年的工资没得过一分……

　　康乡长也不搭话，任由老贵哭穷。这时，他看到小河边几只嬉水的鸭子，就两眼放光，说老贵，村里养鸭的不少吧？

　　老贵点点头，说康乡长，村里人都拿鸭屁股当摇钱树哩，鸭蛋也不舍得吃，都攒起来拿到镇上换油盐酱醋了。

　　康乡长点了点头，没说话。

　　中午在老贵家吃饭时，老贵又厚着脸皮提出让乡里帮助南湾村脱贫。康乡长说老贵，乡里也有乡里的困难……这么着吧，你先帮我个忙，只要这个忙你肯帮我，我一定让南湾村摆脱贫困，走上致富路。康乡长的话音刚落，老贵就激动得差点把手里的饭碗摞地上，说乡长让我帮啥忙？

康乡长微微一笑，说老贵放心，这个忙你一定能帮上，我想要一些鸭蛋。

老贵松了一口气，说这个没问题，我现在就让老伴去村里弄。

康乡长摆摆手，说不急不急，我要的多。你们村多少户人家？

老贵迟疑了一下，说不多不少二十户。

康乡长说每户三百个，总共六千个。

老贵吃了一惊，心说这么多？但他也只是愣怔了一下，权衡利弊后，便拍着胸脯保证，说好，没问题，康乡长你可说话算数？

康乡长就肃着脸，说君子一言，驷马难追！

村里的老少爷们知道这件事情后，不用老贵过多地做思想工作，都开始把鸭蛋给康乡长攒了起来。半月时间，老贵根据各户报的数字，算出已经有六千个鸭蛋了。

康乡长闻讯就又驱车去了南湾村。出乎老贵的预料，康乡长竟得寸进尺得陇望蜀，说再麻烦老贵一下，把六千个鸭蛋全孵成小鸭。官大一级压死人。老贵心里窝火，但他没别的办法，只好满口应承下来。

六千个鸭蛋全部孵成小鸭可是个难事，村里没地方不说，也没资金去折腾。但老贵和他的村民们很快就解决了这个问题，那就是谁家的鸭蛋谁家负责孵成小鸭，各人作各人的难。老贵感动得差点掉眼泪，真想跪到地上给老少爷们磕几个响头。

过了一段时日，小鸭出来了。康乡长得到消息后，说老贵这样子，你们把这些小鸭给我养大了吧，到时候再跟我联系……我不会亏待南湾村的，我说过的话算数。

老贵只有唯唯诺诺地答应下来，心里却骂康乡长不是东西，说他的胃口也太大了，心也太黑了。

南湾村的老少爷们却没难为老贵，还是老办法，谁家的小鸭谁家饲养。因为他们心里有盼头，记挂着康乡长的承诺，所以把这件事情看得很重。大伙儿唯恐把鸭养糟了，怕康乡长不兑现他的承诺，都想方设法千方百计把鸭养好：把盖房的木料拿出来，建起了结实的鸭舍，实行圈养；一改过去让鸭自己出去找食儿的饲养方法，也开始给鸭喂起了饲料；购买了养鸭资料，开始学习养鸭技术……

又过了一段时间，老贵挨家挨户看了看，小鸭都长成了大鸭，一个个肥嘟嘟的很茁壮。

老贵就骑个破自行车到乡里，找到康乡长说小鸭都长成大鸭了。康乡长喜出望外，连声说了几个好。随后，康乡长打了个电话，放下电话后就兴奋地对老贵说，明天我们先去看看。

第二天，康乡长就去了南湾村，随他去的还有一个戴眼镜的中年人。村里到处都能听到鸭的聒噪声，构成一片热闹的喧声。

到村民家里看过鸭，康乡长和戴眼镜的中年人都十分满意。康乡长对老贵伸出大拇指，说祝贺南湾村成为我们乡的养鸭基地！

老贵糊涂了，如坠云里雾中。

那个戴眼镜的中年人说话了。他说老村长，我们集团是生产加工"北京烤鸭"的……我刚才看了大家养的鸭，符合我们公司的相关要求，比我想象的还要好，按照市场价格，明天我们来车装运。

老贵看看康乡长，看看那个戴眼镜的中年人，似乎还没明白过来。

康乡长笑了，说老贵，这下南湾村的老少爷们可都有事做了吧？今年乡里的扶贫款可就没你们村的事了。

那个戴眼镜的中年人对老贵说，接下来我们要签订一个长期的供销合同，但你们要扩大养鸭规模，保证长年给我们供货……

老贵和在场的村民总算明白过来了，不由地鼓掌叫好。老贵说谢谢康乡长！谢谢康乡长！

谢我什么？你们是猪八戒啃猪蹄，自己分享自己的果实，要谢该谢你们自己！康乡长的脸笑得像一盘盛开的向日葵。

路

　　大军跟妻子玉梅商量，准备拿出10万元把村里通往山外的路铺成柏油路。那条路如鸡肠子似的，不足两米宽，曲里拐弯，坑洼不平，晴天一身土，雨天两脚泥，名副其实的"水泥路"。

　　玉梅把头摇得跟拨浪鼓似的，说咱的钱也是辛辛苦苦挣来的，不是大风旋来的。桃花村有几十户人哩，路又不是咱一家走？凭啥咱一家出钱修路？

　　大军说玉梅，按说修路是集体的事，但是咱桃花村穷，没钱，家家户户也都有一本难念的经，都是拿鸡屁股当银行，眼下就咱手头有点积蓄。

　　玉梅拧着眉头，说大军，你当了两年多的支书，怎么脑子跟进了糨糊似的，胳膊肘朝外拐？

　　大军诡秘一笑，说玉梅，我真的是胳膊肘朝外拐吗？相信我，我也是为咱自家好。

　　闻听此话，玉梅有点心动了。

　　桃花村四面环山，交通不便，老百姓靠种庄稼维持生计，种一葫芦打两瓢，一年四季把咸萝卜当饭吃。老支书干了几十年也没让村里脱贫致富。有一年，老支书自个儿掏钱买了几百斤优质高产的杂交油菜种子，免费供给村里的老少爷们种植。谁知，没有人相信他的话，种植的还是老品种。还有一年，乡里统一购进了一批波尔山羊。按照乡里的规划，这批羊没有桃花村的份儿。老支书竭力争取，最后乡里分给桃花村50头。村里却没一个人认领——有的嫌价格贵，有的怕没有市场……老支书一气之下辞职不干了。大军复员回村后，就毛遂自荐当了村支书。大军年轻气盛，当着乡领导和老少爷们的面拍着胸脯保证，三年内让桃花村解决温饱，五年后让桃花村走上小康。

从乡里到村里，没有人把大军的话当真。也难怪，他走马上任后，只是忙他自家的事儿。起初，大军要玉梅开饭店。玉梅说啥也不干，说咱这里偏僻，开饭店让谁消费哩？大军说咱村有个桃花湖，吸引着不少城里人，可他们来了没个吃饭的地方。玉梅听从了大军的建议，把自家简单改造一下，选个吉日，放了一挂鞭炮，"农家饭庄"就算开业了。"农家饭庄"经营的品种都是以山里特有的原料为主，什么山韭菜、柴鸡蛋、红薯面、玉米糁、野兔子等等。嗨，你别说，"农家饭庄"开业后，很对那些城里人的胃口。有不少城里人不顾山高路远，专程开车来吃农家饭。他们说农家菜天然无公害，绝对的绿色食品。玉梅的生意渐渐有了起色。

是啊，要不是大军的创意，家里也不会脱贫。为这个，村里人还风言风语议论大军，说他这个村支书太自私了，脑子里考虑的全是自个，跟人家老支书相比，简直一个天上，一个地上……家里积攒的一点钱也是这两年开饭庄挣下的。眼下大军让出钱修路，肯定有他的小算盘。玉梅思来想去，才不情愿地同意了。

桃花村的路修通了，来玉梅饭庄吃饭的人更多了，特别是到了双休日，饭庄门前就停满了车，有的人要等两个多小时才能吃上饭……玉梅的生意红红火火的。她打心眼里佩服大军的精明。

村里的老少爷儿们也不傻，看到游客日渐增多，也忙把自家拾掇干净，在院子的树杈上歪歪扭扭挂出一个个"经营农家菜"的招牌来……

玉梅的脸色暗淡下来，埋怨大军，说生意都让别人抢走了。

大军说玉梅，路没修通之前，你一天赚多少钱？你现在赚多少？

玉梅掰着指头算了算，说过去一天赚100多块，现在一天赚300多块……可是我总感觉心里疙疙瘩瘩不舒服。

大军说钱是赚不完的，只要你想赚钱，我再给你一个创意：把老房子拆掉，盖成两层小楼……

不待大军把话说完，玉梅就拍手叫起来，说大军，你太有才了！

两口子说干就干，短短两个月的时间，一个漂亮的"农家宾馆"就建成了。

其他村民比葫芦画瓢，也把自己家的老屋拆掉，建成了漂亮的"农家宾馆"。这下好了，越来越多的暴走族、户外运动爱好者、骑行一族、自驾车族、普通市民，纷纷来到桃花村。昔日寂寥的桃花村一下子热闹了。家家游客爆满，把大伙忙得不可开交。他们一改往日蔫不拉唧的形象，个个像弄潮儿一样。

这一回，玉梅有了想法——她告诉大军，想出资把村里的柏油路扩改成水泥路。

大军扑扇着眼睛，幽默地说，老婆，这是为什么呢？

咱桃花村山清水秀，空气新鲜，本身就是一个休闲的好地方……可是，原有的柏油路太窄了，过个车都困难，我想把路扩宽一到两米。玉梅眉飞色舞，脸上始终是一片旖旎的风光。

大军说这可要花不少钱，你舍得？

玉梅嗔了大军一眼，你不总说舍不得孩子打不得狼，舍不得媳妇抓不到流氓吗？路好了，来的游客会更多，咱可以赚更多的钱嘛。

大军点点头，说等路彻底修好了，我们更要在如何充分展示桃花村的民风民俗和传统饮食文化上下工夫，让游客们在桃花村能够亲自下田耕地、锄草、挖野菜、采摘水果，亲自下厨烧火、煮饭、做烹饪，真真实实地体验农家生活。

你为啥不早说？玉梅又惊又喜，又气又恼。

大军狡黠一笑，说你不是才说要扩路吗？

出人意料的是，当大军提出自家出资要鼓捣水泥路时，村民们的热情一个比一个高涨，纷纷表示，有钱出钱，有力出力……他们的脸色桃红柳绿地变幻着，说话的声音也泉水般叮咚悦耳。

大军的心里暖烘烘的，那张一向紧绷的脸渐渐松开了，洋溢出了灿烂的笑容。

廉政短信

贺槐总觉得背后有双眼睛在监视着自己，似乎自己干什么事他（她）都一清二楚。

贺槐刚当上局长那会儿，不少人请他吃饭，有的是下属，有的是朋友，有的是同学……怕伤感情，怕伤面子，怕别人说他清高，他都是来者不拒，有请必到。当然，他也是有原则的，不是所有人请他吃饭他都去，且每次都是他买单。每次到了饭店都是满满当当一桌子，吃的却不到二分之一，开始看着有点可惜，后来也就习以为常了。忽然有一天，他收到一条短信：周总理的饮食清淡，每餐一荤一素，吃剩的饭菜，要留到下餐再吃，从不浪费一粒米、一片菜叶。国务院经常召开国务会议，会议过午还不能结束，食堂便做出工作餐。总理规定工作餐标准是"四菜一汤"，饭后每人交钱交饭菜票，谁也不准例外。总理吃完饭，总会夹起一片菜叶把碗底一抹，把饭汤吃干净，最后才把菜叶吃掉。吃饭时，偶尔掉在桌上一颗饭粒，马上拾起来吃掉。有人对他如此节俭感到不解，总理说："这比人民群众吃得好多了！"

手机号码是陌生的。贺槐去移动公司打听，因为涉及隐私，人家也没告诉他。贺槐也就没再深究，因为不是什么大事。

虽然不知道是谁发来的短信，贺槐还是被触及到了灵魂。想想自己也是农村孩子出身，小时候经常吃不饱，平时几乎吃不到荤腥，只有到了过年时才能吃点肉啃点骨头。即便是现在，仍有偏远山区没有解决温饱。想想自己那样浪费，真是罪孽啊。因此，再有应酬时能免的就免了，实在免不了的就简单点几个菜。

后来，熟人给贺槐介绍了一个包工头。包工头先是忽悠他盖办公楼，贺槐没答应，包工头就又说服他装修办公楼，说你新官上任应该有个新的形象。在局班子会上，其他几个班子成员也同意装修办公楼。贺槐就有点心动了。不料想，他刚刚决定装修局办公大楼就收到一条陌生的短信：周总理的廉洁从政深入人心，不是表面的，是实实在在的。当年在国务院会议厅入口处，有一块镌刻着"艰苦朴素"四个大字的木屏风，这是总理身体力行的工作作风的写照。在国务院的会上，人们不止一次地听到总理拒绝装修会议厅的建议，总理说："只要我当总理，会议厅就不准装修。"

这个短信让贺槐深思了好久，最终还是放弃了装修办公楼的计划。

在贺槐老父亲七十岁生日那天，一个多年不见的老同学来了，给了老父亲一个大红包。起初，贺槐心里疙疙瘩瘩，因为老同学这个红包送得蹊跷，但是又没法拒绝，人家是给老父亲祝寿的，又不是给他的……想到这里，贺槐竟有点心安理得的感觉。

第二天，贺槐就收到一条短信，还是那个陌生号码发来的：宋时，刘温叟在朝中身居要职，一个自称他门生的人送给他一车粮草，刘温叟推辞不掉，当即答谢回赠他一套华丽的衣服，其价值高于一车粮草的数倍，那人见达不到送礼行贿的目的，只好将粮草拖了回去。

看到这个短信，贺槐有了主意，就趁着过年的时候，到老同学家拜年，给了老同学的儿子一个大红包。至此，他的心里才轻松了许多。

如此看来，的的确确有人在背后监视自己，必须时时刻刻检视自己的行为，不该吃的不吃，不该拿的不拿，不该去的地方不去……贺槐暗暗提醒自己。

有一次，贺槐到乡下调研。在村里走访时，看到那里的农民吃水困难，当即决定自掏腰包10万元为他们打一口井。

当井打成的第二天，贺槐又收到一条短信：在苏轼四十余年的坎坷仕途之中，他先后担任杭州、密州、徐州、湖州、颍州、定州、扬州等地的太守。每到一任，苏轼都做出了相当了不起的政绩。九百多年过去了，许多地方长官为标榜政绩刻意而为的形象工程都倒塌殆尽，而有关苏东坡政绩的三样东西还会不断流传下去，一是杭州西湖的苏堤，一是东坡肉，一是广东一带的东坡井。

还是那个陌生的号码！

此刻，贺槐觉得这个短信好温馨。这个陌生人是谁？是局纪检书记？不像。有些事他不知道啊。是局党委书记？也不像，他身体多病，几乎不在单位……会是谁呢？贺槐猜想了好多人，也没猜到会是谁。

妻子灵机一动，对贺槐说，你拨打那个短信号码试试不就知道是谁了？

嗨，我怎么就没想起这个办法？贺槐恍然大悟。但是，他还是留了一手，用妻子的手机照那个陌生的号码拨了过去。

电话一打就通了！是楼下开商店的老王。

老王跟自己非亲非故，为什么要发这些短信啊？贺槐百思不得其解，决定亲自找老王问清缘由。

老王听了贺槐的话，呵呵一笑，说你父亲没有手机，是委托我给你发的。说罢，老王拿出来一本书，说要发什么都是你父亲找的内容。

贺槐接过那本书一看，是《廉政小故事大全》。他既感动又愧疚，决定给老父亲买一个手机，他也要给父亲发短信。

嘉奖儿子

俺儿子浩浩在石庙乡当乡长。俺掰着指头算了算，他有三十二天没回老家了。给他打了几次电话，他总说乡里忙，脱不开身。前几天，俺读到一篇小说，说现在的领导是上午讲正气，中午讲义气，下午讲手气，晚上讲、讲……唉，不讲也罢。趁着这天没事，俺搭车前往石庙乡去找浩浩，看看这小子都在忙啥，难道忙得连爹也不要了？难道真像小说里写得那样？如果是那样，就丢老祖宗的人了。看到贪官一个个被抓，俺的心里就纠结。俺不是埋怨儿子不回来看俺，俺是担心他啊。在去之前，俺赌气没给他打电话。石庙乡跟俺乡挨着，坐车也就是半个小时的工夫。

乡政府办公室一个自称小李的小伙子接待了俺。俺没告诉小李俺就是侯乡长他爹，不是怕丢儿子的人，是怕打探不到真实情况。俺只说，俺找侯乡长办点事。小李遗憾地告诉俺，侯乡长去县上领奖去了。

领奖？什么奖？这小子……不，侯乡长又做啥事了？俺糊里糊涂地问道。

小李说，大爷您不知道？今天县上召开年终总结会呢。

哦，是这样啊。俺恍然明白过来。俺环顾乡政府办公室，看到墙上挂满了奖牌和锦旗，都是历年来获得的荣誉，是县委县政府授予的，什么"综合考评先进单位""社会治安综合治理工作平安乡镇（街道）""信访工作先进单位""人口和计划生育工作先进单位""扶贫开发工作先进单位""新农村建设先进单位""文体工作先进单位""造林绿化工作先进单位""村务公开民主管理示范乡"等等。

说实话，看到这些奖牌和锦旗，俺心里很反感，而且产生了一丝怀疑。俺村老刘开了个卫生所，卫生所里挂满了锦旗，"妙手回春，华佗再世""扁鹊重生，悬壶济世""手到病除，医德高尚"啥子的，龙王爷搬家——离海（厉害）着呢。听人说，都不是病人送的，都是他自己花钱请人制作的。石庙乡这些荣誉是喝酒喝来的？凭关系弄来的？从数字里出来的？还是拍马屁拍来的？电视里报道的那些个贪官在出事前哪个不是荣誉一大堆？即便这些荣誉货真价实，老百姓会说儿子的好吗？别看俺是个土得掉渣儿的农民，可俺知道，金杯银杯不如老百姓的口碑，金奖银奖不如老百姓的夸奖。服务好不好，群众最明了；优秀不优秀，百姓最通透。一句话，老百姓不说你的好，你得到的奖牌再多也等于零。俺指着墙上的奖牌和锦旗，忍不住问小李，小伙子，石庙乡真有这么好吗？

小李脸红了一下，笑了笑，没有说话。

看到小李的样子，俺更加肯定了自己的判断，这些荣誉绝对有水分！俺告别小李气呼呼地回家了。

当晚，本县的电视节目让俺大开眼界。

俺打开电视的时候，一个农民老哥正坐在台上讲话，准确地说，是对着讲话稿念。他说，侯乡长时刻把为群众排忧解难放在心上，对群众反映的问题，总是念念不忘。他说："老百姓是天，老百姓是地，我们要把他们的事当作天大的事。"在侯乡长的鼓励帮助下，我转包土地120亩，从农商行协调资金80万元，新建了8个冬暖式蔬菜大棚。期间，乡政府派车派人带领我和其他种植户到山东寿光、淄博等地区参观，高薪聘请寿光专家常年定期驻村指导。去年冬天到今年春上，每个棚平均收入在5万元以上……侯乡长常说："群众就是我们的父母，不把群众的事情办好就是不孝之子。"我村陈荣花的丈夫得病死了，唯一的儿子又因意外事故被摘了脾脏，家里生活十分困难。侯乡长有空就到陈荣花家里去看看，为她争取救济款、办理低保，还帮助她建起了三间瓦房。侯乡长还说："老百姓过得最不容易，没有事不会找你，来找你是群众对党和政府的信任。"他将自己的手机号码向社会公开。有事给他打电话，他随时都会接听，就像亲孩子一样安慰我们，帮助我们，从没有不耐烦的时候……俺以奖杯当口碑，聊表感激之情。随后，这位老哥把一个"情系百姓"的奖杯恭恭敬敬地颁发给了侯乡长，就是俺的儿子浩浩！

老百姓给儿子颁奖！老百姓给当官的颁奖！这可是从来没有过的事啊。俺傻眼了。

等回过神来后，俺心里热乎乎的，决定给浩浩打个电话，让他抽时间务必回来一趟，俺也要给他一个嘉奖。嘉奖啥？嘿嘿，不告诉您，您自个儿琢磨去吧。

名医张一刀

张志杰是县医院的内科主治大夫，有名的肿瘤专家。他是世代祖传的内科，医术本来就十分出色，加上他在医学院进修学到的专业理论知识，再加上他在医院二十多年里积累了极其丰富的治疗经验，总是手到病除，人称"张一刀"。他不仅医术高超，医德更为高尚，请他治疗的病人，有高级干部、知名人士，但更多的是平民百姓，无论是谁他都一视同仁，而且从不收取红包，很得病人和家属的信任。因此在县医院，乃至整个小县城，他是颇有名望、技术高超的医生。

这天，一位中年妇女在丈夫的陪同下来找"张一刀"。中年妇女曾是"张一刀"的病人，半年前她的子宫里长了个恶性的肿瘤给切除了。她的丈夫还给"张一刀"送了一个"妙手回春医术高，华佗再世不虚名"的锦匾。中年妇女的脸色没有一点光泽，枯萎如同一张干瘪的黄菜叶，眼睛四周的青晕像染了色似的，可以看出她虚弱到了极点。她说，半年来，肚子里经常隐隐作疼，特别是伤口那地方。中年妇女的丈夫担心地说，她有时疼起来哭爹叫娘，满炕打滚……是瘤子没割净还是又长出了新瘤子？"张一刀"通过望、闻、问、切，然后让病人做了CT。

中年妇女满脸不安。她的丈夫惊恐地问："张医生，有事儿没有？""张一刀"抖了下手中的片子，笑着安慰他们，说没事没事，估计又长了一个瘤子，再开一刀就OK了。中年妇女的丈夫感激地说，谢谢张医生，全靠你了。"张一刀"说谢我什么？这是我的职责。

手术开始了。虽然是半身麻醉，中年妇女的脸色苍白得不成人样，连痛楚的呻吟声也哼不出来，手术过程中一直处于昏迷状态。"张一刀"从助手手中接过剪子、镊子，小心娴熟地在病人的肚子上划拉着。忽然，"张一刀"愣怔住了，三位助手也呆了——病人肚子里的那处"阴影"不是肿瘤，是一块粘血带脓的纱布！毫无疑问，这块纱布是"张一刀"在上次给病人做手术时，遗忘在病人的肚子里了。手术室里开着空调，可"张一刀"的额角却渗出了豆大的汗珠子。容不得他过多地思考，手术继续进行：粘血带脓的纱布给取了出来，他把伤口部位认真处理后开始缝合刀口……他一针一针缝合得很慢，像虚脱了一般。

"张一刀"回到办公室，浑身被汗水湿透了。三位助手随后跟了进来锁上了门，一位助手说，张医生，请您放心，这件事情我们三个不会说出去的。其他两位助手也异口同声说，我们不会说去的。"张一刀"苦苦一笑，说这样行吗？三位助手真急了，唧唧喳喳说开了：

"我们不说出去，病人和家属不但不知道，反而感谢我们还来不及呢。"

"如果说出真相，不但败坏了您的名声，我们医院也跟着倒霉。"

"就是，他们知道了真相，不会放过我们的。"……

"张一刀"无力地挥了挥手，说好了，你们出去吧，让我静心考虑一下。

三位助手出去了，"张一刀"陷入了痛苦的挣扎中：要么什么也不说，告诉病人，摘除的是肿瘤；要么说出真相，给病人赔礼道歉。如果隐瞒真相，不影响他什么，反而给他带来更高的声誉，在他的行医史上添上"精彩"的一笔；如果实话实说，病人能饶恕自己吗？医院怎么对待自己？外界怎么评价自己？自己还是悬壶济世、力起沉疴的名医吗？……"张一刀"心内辗转缠绵，像辘轳一般。

中年妇女苏醒了，看到"张一刀"站在自己的床前，只听他沉声说道，对不起大妹子，你并没长肿瘤，是上次我给你做手术时把一团纱布丢在你的肚子里了！中年妇女和她的丈夫全惊呆了。中年妇女的丈夫上前"啪"地打了"张一刀"一耳光，气愤地吼道：你算啥玩意儿？

…………

"张一刀"被医院开除了，赔偿了中年妇女六万元。小县城沸沸扬扬了好一阵：

"狗屁'张一刀'，简直就是个庸医！"

"这个医生太玩忽职守了，视病人的生死似儿戏。"

"幸亏我那次去省城动手术了，若去找他，只怕早不在人世了。"……

"张一刀"闭门不出，就在家里看看书，练练太极，养了几盆花……有老朋友问他，说你现在身败名裂，不后悔吗？他淡淡一笑，说不后悔。

老抠传奇

　　因为他小气、吝啬，村里人都叫他"老抠"，他具体叫什么名字倒没几个人能记得清了。他弯腰驼背，黝黑的脸上布满日月风霜雕刻出来的道道印迹，钢丝般蓬乱的头发从未整齐过，呆板的面孔给人一种不舒服的感觉，两颗被烟草熏黄的大板牙突出在厚厚的唇外……"老抠"孤身一人居住在山上的窑洞里，春种秋收，以打粮为生。他从不用电，连煤油灯也不点，抽自制的旱烟……关于他的逸闻趣事村里流传不少，当然，日子久了，这些故事中免不了有些添油加醋的成分。

　　"老抠"年轻时媒人给他提亲事，一听说要出彩礼他就回绝了。媒人劝他说，娶个老婆多好，你饿了，她给你烧吃的；你冷了，她给你拿衣穿……"老抠"打断媒人的话，说老婆有什么好？饭分给她吃，衣服分给她穿，床分给她睡……不合算，不合算！因此，至今他还是光棍一个。

　　有一次，他到村里换盐时不知被谁家的狗咬了一口，人们忙让他去村里的诊所包扎，说二十四小时不打狂犬疫苗就容易传染上狂犬病。他没听大家的话，而是找块布简单包扎一下，就一瘸一拐地上山了。到了半夜，他又一瘸一拐下山，去诊所让医生给他包扎，注射狂犬病疫苗。医生一边给他包扎一边说，你白天干什么去了？偏偏半夜三更来？"老抠"狡黠一笑，说听人说半夜打电话只收半费，我、我想您收费自然也该是这个标

第三辑　一道亮丽的风景

准。医生摇摇头，哭笑不得。"老抠"看着鲜血从纱布里面渐渐渗出来，开心地笑了。医生皱了一下眉头，问他为什么笑。他回答说幸亏我没穿袜子，否则不就被狗咬破了？这就等于我新买了一双袜子！

那年夏天，村里人都到山上栽树，"老抠"怕人顺手摘了他种的大南瓜，就用土坷垃在旁边的石头上写道：嘿嘿，我在南瓜上尿了一泡！等到大伙儿下山后，他去看他的南瓜，只见南瓜旁边的石头上多了一行字：嘿嘿，我也在南瓜上尿了一泡！

还有一年冬天，村主任上山去给"老抠"送了一床棉被。"老抠"脸一嘟噜，说咋没有面和油呢？村主任解释说村里都小康了，上级今年不扶贫了，那床棉被还是村主任自己家的。"老抠"不相信村主任的话，就想摆治村主任一下……眼看到了吃饭时间，"老抠"眼睛一转，忽然哎呀一声，说我这人真够倒霉的，昨天我买了条鱼挂在树上，嗨！不知是谁家该死的猫，半夜里叼了去。说着话就随手从地上拾起一根麻绳，说村长您看看，就剩下这根拴鱼的绳子了。不过，村长吃顿饭我还是管得起的，然后就去烧火做饭。村主任知道"老抠"小气，不会给他好吃好喝的，就说都是自家人，简单点就行了。"老抠"粗声大气地说，简单，简单，就炒盘竹笋、炖个鸡汤。炒竹笋？炖鸡汤？村主任心里疑惑，说"老抠"要玩什么把戏？等到饭菜端上石桌子，村主任看到他面前放了两个盆，一个盆里放了一把竹筷子，一个盆里是混沌的汤，隐隐约约能看到汤中有鸡蛋花。村主任皱了下眉头，心说乖乖，这是啥呀？"老抠"看了看村主任，脸不变色心不跳，不慌不忙地指着放筷子的那个盆说，村长呀，你来迟了，你要是春天来，这些笋子嫩着呢。村主任忍不住"扑哧"一声笑了，说这鸡汤算咋回事儿呢？"老抠"叹了口气，说村长，你要再晚点儿来，要是明年这时候来，这个鸡蛋抱出小鸡，过一个夏天，小鸡就能长到二斤多，到那时不就是一大盆香味扑鼻的鸡汤吗？

说他抠门也好，说他小气也好，但"老抠"很勤快，在山上开垦了不少荒地，包括旮旯石缝，也都扒扒搂搂种上了庄稼。他只吃陈粮，每年都把新粮囤积起来。他怕自己老了，干不动了，没有粮食吃。他盘算着，要是没有钱花，兴许还可以拿粮食换点钱。这么着，十几年下来，他在山洞里积存了一万多斤粮食。

今年夏天，"老抠"听说南方遭了水灾，就下山找到村主任，请他派人挑走了八千斤粮食，拿去捐给了灾区的老百姓。

据说"老抠"当初去给村主任说的时候，村主任以为他要么是开玩笑要么是脑子进水了，急得"老抠"跳起来咒爹骂娘，村主任才相信他。村主任很感动，就在村口的饭店招待"老抠"喝酒。喝酒中间，"老抠"说我出去方便一下，说着就急急出了饭店门。村主任等了将近一个小时，"老抠"才回来继续喝酒。原来，他跑回山上把一泡屎拉到了他的玉米地里。他对村主任解释说，这是上等的肥料，不能便宜了别人。

两把宝刀

父亲临终咽气前，把大宝小宝叫到床前，从自己的枕头下抽出层层包裹着的两把钢刀，说我做了一辈子的铁匠，没有给你们留下多么值钱的家当，唯有这两把刀兴许还有点用处，你们兄弟两个一人一把。大宝的祖上原是民间做刀高手，最早可追溯到清朝，康熙年间曾进宫做腰刀，所以他家的刀又称官刀，传到他父亲这一代已有100多年的历史。大宝小宝吃不了打铁那个苦，受不了烟熏火燎那个罪，不愿学习祖传的手艺，父亲也就没再勉强，因为解放以后，需要刀具的人也日渐稀少了。

这两把刀清一色手工锻造，工艺独特，刀头是用油淬火，韧性好，硬而不脆，削铁如泥，十分锋利。大宝两眼一亮，急忙说道，爹，你的意思是说这两把刀是宝刀？父亲没有正面回答大宝的问话，说有了这两把刀，管保你们衣食无忧。不到万不得已，不要轻易出手……父亲说到这里，头一歪就咽了气。

埋葬了父亲后，生活又回到了原来的轨道上了。兄弟两个日出而作，日落而息，过着老婆孩子热炕头的农家生活。

大宝从父亲的话里隐约猜测到刀非同一般，虽不敢肯定就是宝刀，但绝不是普通的刀。趁着农闲时节，大宝为了验证自己的猜测，就私下拿着刀去省城请人鉴定。不出所料，有人愿出高价购买，价格远远超出大宝的想象。大宝又惊又喜，但他没有出手，他眼下不到用钱的火急时候，他也知道这种东西保存得日子越久越金贵。

大宝从省城回来后，拿出所有积蓄，变卖了仅有的一点家产，悄悄买来了上等的牛皮，打造了一个大刀皮套，然后又制作了一个檀木箱。用丝绸先把刀层层缠绕，放进牛皮皮套，装进檀木箱里。在一个月黑风高夜，在自家的床下挖了一个大坑，把装有大刀的檀木箱埋了进去。可以这样说，为了保存这把刀，大宝费尽了心计。大宝土里刨食，日子好不到哪儿去，但他从没打过刀的主意。

大宝私下劝兄弟小宝，让他把刀珍藏起来。但小宝没当作一回事儿。有了这把刀，小宝的日子过得有滋有味，甚至于说是五光十色。农闲时节，他见天拿着刀上山砍柴。由于刀锋利无比，砍起柴来不费吹灰之力，他每天砍的柴自家烧不完，大部分都卖给了四邻八乡。回到家里，小宝就把刀随手丢到院子哪个角落里，任由风吹雨淋日晒。刀确实是把好刀，除了锋利，从来也没打过豁口，也不生锈变色。

大宝看到小宝一点也不珍惜自己手里的刀，免不了数落小宝。小宝不以为意，我行我素。大宝就替小宝惋惜，说别看你现在吃香的喝辣的，有你后悔的时候。

转眼就是几十年。大宝的孙子结婚要盖新房子，可是房款没有着落。大宝想到了他床下埋藏着的刀，就挖了出来，带上刀和小宝一起进城了。

小宝的孙子要出国留学，也需要一大笔费用，到了非卖刀不可的时候。可是，小宝是心里没底，哥哥的刀从未用过，自己的刀用了这么多年，还有变卖的价值吗？还算是宝物吗？

在省城古董市场，当大宝小宝兄弟两个的大刀一亮相，就立马吸引了不少人。有人拿来一截有拇指粗细的铁棍，让兄弟两个演示一下。小宝心里松了一口气，说这个不难。他举刀挥向铁棍，说时迟，那时快，只见寒光一闪，铁棍即刻断为两截。

大宝也不甘示弱，拔刀砍向铁棍。谁知道出乎意料，大宝只觉胳膊一麻，差点把刀撂出去。刀也只在铁棍上留下了一道砍痕，并没将铁棍砍断。有人嘲笑大宝，说老乡，别拿把破刀来吓唬人，哪儿远扔哪儿。

结果，一位老板出高价把小宝的刀买走了，大宝的刀却无人问津。

大宝面红耳赤，愣愣不解地自言自语，难道说我的刀和小宝的刀不一样？

一位古董专家说，你们兄弟两个的刀非同一般，确实都是宝刀。可惜，你的刀闲置的时间太长了，失去了原有的锋利。你想，没有了锋利，谁还会相信它是一把宝刀呢？

找茬儿

我开了一家小型超市。说实话，我跟之前负责这块税收的是哥儿们，自然，在缴税方面那是"优惠多多"。哥儿们调走了，来了个不开窍的

"榆木疙瘩"——"榆木疙瘩"是我给老张起的外号。老张这人实在不开窍，给他送礼，他拒收；请他吃饭，他不去……总之，他油盐不进，软硬不吃。

我就在账面上做了点手脚。到该缴税时，我找老张哭穷，说现在生意难做，扣除各项费用，所剩无几。当时，说得我自己都差点掉泪。老张却无动于衷，说查查账再说吧。我那两下子，用老张的话说就是弱智。他没费什么劲就发现了问题。结局当然是接受处罚，税款还得一分不能少缴。

可想而知，我有多气愤，有多恼火，连老张的祖宗八代都骂了个遍。老张啊老张，你不吃敬酒只好让你吃罚酒了。俗话说，常在河边走，哪有不湿鞋。我不相信你老张的屁股就干净，一点臭气都没有。我打算找老张的茬儿。只要抓住了他的小辫子，他就得乖乖听我摆布，好比绵羊拴在树上，要割蛋要绞毛还是我说了算。

俗话说，世上无难事，只怕有心人。俗话还说，机会天天有，看你瞅不瞅。我很快就瞅到一条线索：超市隔壁"满意复印店"小霞是我的一个远房表妹，听她无意中说起，老张是她哥哥的同学，她哥哥给老张打了招呼，结果，她的税款就给免了！

虽然小霞的税款不多，但也不能说免就免啊？我不是眼热小霞捡了便宜，而是恨老张阳一套阴一套的，说一套做一套。我最恨这号"正人君子"了。

此刻，我被胜利冲昏了头脑，急忙忙跑到市地税局，实名举报老张徇私舞弊，坑害国家利益。

市地税局纪检组长很重视，说待问题查清后，一定给我个满意的答复。我怕夜长梦多，如果他们官官相护，一旦采取补救措施，我就傻眼了。于是，要求现场等候处理。还开玩笑地说，也想顺便了解一下纪检组长是如何办案的。纪检组长当即打电话给税务大厅的相关人员，要求查一下"满意复印店"的税收情况。

事情并非我想象的那样——"满意复印店"的税款按期缴纳，并没免缴或者少缴！且是老张用自己的工资代缴的！我灰头土脸地打道回府了。

我不死心，决定再找新的突破口。

没多久，我又掌握一条新的线索——老张跟扫大街的芳嫂勾搭上了！

芳嫂在我住的那条街上打扫卫生，已经扫了好多年了。芳嫂虽说已经四十多岁了，稍加打扮还是蛮有几分姿色的。老张是从外地调来的，估计老婆还没调过来，他忍不住了。正是如狼似虎的年龄，不好忍啊。有一晚上，我去公园散步，在影影绰绰的灯光下，我冷不丁发现老张和芳嫂在一个黑暗的角落里嘀嘀咕咕。突然，我瞧见老张竟伸手捏了捏芳嫂肥嘟嘟的屁股！芳嫂还算是给老张面子，没声张，而是扬手打了老张一下。

我后悔没及时拍照，但是还是不失时机地用手机从不同角度拍了几张。

第二天，我又去找市地税局纪检书记了。

结局我始料不及，芳嫂是老张的结发妻子！

我不甘心，实在不甘心。可是，找来找去，找不到老张的茬儿。恰巧，那天我骑摩托上街办事，远远看到老张正在给过往行人发放税收宣传册子。

我心一横，牙一咬，对着老张撞去。我也知道撞死人是要偿命的，我没敢实打实地撞，只是紧挨着他的身子冲过去，摩托车车把把他刮倒了——我从后视镜里看到老张摔倒在地上！没等路边的人明白过来，我加大油门溜之乎了！

老张只是受了皮外伤，并无大碍，但还是住进了医院。幸好，那个地段的监控探头坏了，警察一时也找不到我这个肇事者。

接下来的事情，我都是从小霞那里得知的。小霞的表嫂，也就是芳嫂让警察追查肇事者，她认定有人蓄意谋害老张。老张对芳嫂说，不要把人想得那么坏！咱没害人心，人家也不会害咱。再说，老天爷在天上看着哩，咱不做亏心事，他老人家保佑着哩。就这样，老张坚持不让警察追究了，说他也有责任，不该在马路上发放宣传册……

我心里忽然一热，决定去医院看看老张。

郝支书

那时候郝支书还不是石庙村的支书。他刚从部队复员回来，看到村里依旧一穷二白一贫如洗，乡亲们一日三餐拿咸萝卜当饭吃，他就尝试着把庄稼毁了种植药材。当时大伙儿还等着看他的笑话，没想到，三年后他收获的药材居然换回了一大把票子。这事凑巧被王县长（当时还是镇里的书记）知道了，认为他是个人才，就任命他当了石庙村的支书。郝支书上任没多久，王县长就从镇上调到了县里。

根据镇里汇报的材料，王县长得知石庙村现在已脱贫致富奔上了小康，就想到石庙村走一走，看一看。毕竟郝支书是王县长亲手提拔上来的，如果镇里所言不虚，也有他的一份功劳。于是，王县长便忙里偷闲悄悄一个人来到石庙村。为了摸到真实情况，王县长就在村口下了车。

当年的泥坑路早已被宽阔平坦的水泥路代替，不时有打扮新潮的姑娘小伙子骑着簇新的摩托"日"的一声从身边蹿过。路两旁依山建筑的民居都是碧瓦重檐的楼房，有的房顶上还支着个炒锅一样的电视卫星接收器。正是暮春时节，不少人家门口的水泥墩子上坐着晒暖的老人，他们穿着整齐，眉开眼笑地谈着什么……石庙村先前可是镇上出了名的贫困村，年年吃政府的救济。老百姓一年四季指靠着那点贫瘠的责任田，连肚子都打发不住。那时候，家家户户住的都是破窑洞，晚上照明点的是煤油灯……变化真是翻天覆地啊！王县长由衷地感慨道，心里犹如电熨斗熨过一样舒坦。

王县长一脸灿烂地边走边看，忽然看到一处破败的院落。院子里晾晒着衣物，说明还有人在此居住。难道是个五保户？可是石庙村有敬老院啊。王县长迟疑了一下，便走了过去。推开虚掩的篱笆门，王县长看到有位四十多岁的农村大嫂正在石板上努力揉搓着衣服。这位大嫂一脸沧桑，虽说衣着不怎么样，但浑身上下透出一股清清爽爽的利索劲儿。院子里没有小康之家应有的摆设，倒也干净。农村大嫂发现王县长进了院子，忙停下手中的活计，不自然地笑了笑，算是打过招呼。

王县长和蔼地问，这是你家还是你娘家？

农村大嫂眨巴着眼睛，迟疑地说，俺家。

王县长便拐弯抹角地问，郝支书这人怎么样？

想不到，农村大嫂脸一黑，说这龟孙没良心，他的心让狗给扒吃了。

王县长当即愣住了，思维在瞬间空白了一下，这可是初次听到关于郝支书的反面意见，虽说石庙村的变化有目共睹，难道郝支书经不起诱惑，也腐败了？意念至此，王县长就直言不讳地说，别人都说郝支书好，你怎么说他的赖呢？

农村大嫂灰着脸，黯然半天，才讲出缘由。她说，邻里壁舍在他的带领下都富得流了油，扒了窑洞盖楼房。俺家呢？别人家都看上了29寸的大彩电，俺家连一台黑白的也没有……

就是呀，石庙村都小康了，怎么还有贫困户？王县长皱了皱眉头，说我看大嫂也不是懒惰之人，郝支书也不帮帮你？

农村大嫂冷冷一笑，说他不帮俺也好说，可他是烂花棉籽不打油还沾油，帮俺的倒忙，你说气人不气人？

王县长呆了一下，说帮倒忙？

农村大嫂生气地说，俺当年辛辛苦苦拾掇了两亩药材，准备弄俩钱后养殖小尾寒羊。谁知，俺还没把钱焐热，他就动员俺把卖药材的钱捐给村小学，说学校漏雨，再不收拾就要出事。俺的心肠软，经不住他三说两

第三辑／一道亮丽的风景

说，就依了他……反正俺是软柿子，他想咋捏就咋捏。

王县长的脸色跌下来，说真有这事？

农村大嫂气呼呼地说，俺会诓你？那年村里五保户王二爷犯病躺在家里，等着拿钱治。那龟孙又动员俺捐款，俺就拿出卖鸡蛋的钱给了他十块，他还嫌少……农村大嫂说着就唏嘘有声地呜咽起来。

岂有此理！王县长愤愤不平，说郝支书的家在哪儿？我找他去！

农村大嫂擦了一把脸上的泪，表情有些别扭，说这就是他家……俺是他女人。

王县长恍然大悟，心说怪不得这个院子瞅着眼熟呢。

郝支书的女人叹口气说，这些年他为了村里的事没黑没明地操心，家里油瓶倒了也不扶……俺一个人照顾不过来，药材种植也给荒了。从别处捣腾俩儿钱，他也贴到了村里……你说，俺家咋能比得上人家呢？

王县长心里涌上一股说不出的感觉，鼻子有些发酸。

父亲的礼物

张炬的建筑公司是本市建筑行业中的佼佼者，他的不少大手笔已经成为当地的标志性建筑……他才年过不惑，而且完全是白手起家，依靠自己的打拼取得了令人瞩目的成就，是何原因呢？

当我说出心中的疑惑时，张炬毫不迟疑地说，是父亲的礼物！接下来，张炬侃侃而谈。

我大学毕业那年，我的好多同学都收到了他们父亲送的礼物，我清楚地记得：马捷的父亲给他的是一笔巨款，宋晓的父亲给他的是一辆小车，张蕾的父亲给她的是一家公司，汪鸣的父亲给他是一个工作，李弥的父亲给他的是一套房子……那时候，大学生毕业已经不包分配，工作需要自己去找。可以想象，父亲们的礼物犹如"雪中送炭"，足以使这些同学视若救命稻草，欣喜若狂。

我的父亲会给我什么呢？我的心里一片茫然。母亲去世的早，是父亲把我拉扯大的，又供我上学，从小学到初中、高中，直到大学，这，已经很不容易了，因为我的父亲是一个普普通通的农民，除了种地没啥手艺，为了贴补家用，农闲时节就去城里收废品。我家住的房子还是爷爷垒的一个石窑洞，破败不堪，一直没能力修缮。从我记事起，家里没有买过肉，没有吃过水果；从我记事起，父亲一天到晚都在忙碌，早上天不明就出去了，晚上很晚才回来；从我记事起，父亲从没上过医院，有了病就硬扛着……

张炬说到这里，已经眼泪哗哗了。稍停片刻，他又继续说道，我考上大学那年，因为昂贵的学费我想放弃。父亲第一次骂了我，说，我这么多年吃苦受累为了啥？不就是让你多读书，将来有个好出息？

我点点头，感慨地说，可怜天下父母心，他们都是望女成凤望子成龙啊。

张炬说，我大学毕业回到家里后，父亲看到我神情很失落，很沮丧，他叹口气，说，孩子，父亲没有别的本事，没啥好的礼物，但也要给你两样东西，你任选一样，其中一样是我捡破烂用的人力车，你找不来工作就用它捡破烂。

我忍不住截断张炬的话，说，另一样礼物是什么？

张炬说，父亲又拿出一沓报纸，说，另一个礼物就是这沓报纸，这是我今天回收来的。

报纸？什么报纸？是古董吗？我吃了一惊。

张炬笑了笑，说，是当地近期的一份报纸。当时我也很吃惊。父亲告诉我，这上面有不少招工信息，你找找看，有合适的就去试试吧。

我说，后来呢，你选择了报纸还是选择了人力车？

张炬说，我当然选择了那份报纸。我按照报纸上刊登的广告，按图索骥，到一家建筑工地打工，搬砖头提砂浆，后来当上了领班，过一段时间成了小包工头，再后来就有了自己的公司。

当我有了自己的公司后，一开始揽不到活，正当我心里着急的时候，父亲却突然扒了窑洞，提出让我盖房子……可惜，没等我把房子盖成，父亲就病逝了，他临终前让我把房子捐给了村里的孤寡老人……说着话，张炬眼里的泪又滚了出来。

我的眼睛也湿润了，忙转了个话题，说，当初你的那些同学，就是得到父亲昂贵礼物的那些同学，他们如今混得咋样？

张炬不无惋惜地说，马捷每天吃喝玩乐，花天酒地，没几年时间就坐吃山空了；宋晓开车出了事故，车毁人亡；张蕾因经营不善，公司破产了；李弥赌博，把房子输掉了；汪鸣下岗了……

我深深地叹了口气，一句话也说不出来。

一道亮丽的风景

马队长从市医院看病出来，忽然看到街口围着一群人，里面有执法大队的小李、小张——熟悉的制服格外惹眼。他忙走了过去，现在人们对行政执法人员有偏见，稍有不慎就容易发生冲突。原来是一对年过花甲的夫妇，用一个旧的铁皮烤炉在卖烤红薯，小李、小张在给两位老人解释政策。两位老人像是乡下人，均是满面沧桑、身材瘦弱、衣衫破旧。他们低眉垂目，也不辩解，也不走，一直在那儿僵持着。

小张说："你们占道经营是违法的……都像你们这样，城市还不乱了套？你们看看，这么干净整洁的大街上摆一个铁皮烤炉，多煞风景啊？"

小李有点恼火了："走不走？再不走就推倒你们的烤炉！"

马队长见状，忙走上前去："大叔大妈，我们是城市管理行政执法大队的，是在执行公务，请配合我们工作好吗？"

小张急忙给两位老人介绍："这是咱们行政执法大队的马队长……"

大叔终于开口说话了。他可怜巴巴地说："我们老两口老来得子，谁知道，儿子大前年患上了心血管瘤，花费十几万也没能救活，媳妇带上孙子改嫁了。为了给孩子治病，我们卖光了田地，还欠了六万元外债……我们没别的门路，只好寻了个铁皮烤炉卖烤红薯。求求你们高抬贵手……"

没想到是这样！马队长回过神来，皱着眉头想了半天，才朗声地说道："大叔，您就在这里卖吧！您放心，没人再撵你们了。不过，一定要把烤炉放到道牙上面，不要影响交通，同时，也要搞好卫生……"

小张打断马队长的话："队长，这样不妥吧？"

马队长拍了拍小张的肩膀："没事的，出了问题我负责。"

闻听此话，围观的人都鼓掌叫好。大叔也傻了一般，不知道说什么才好。大妈推了大叔一把："还不谢谢人家……"大妈一边说，一边手忙脚乱地给马队长装了几个红薯。

马队长给了小张、小李一人一个红薯，然后掏出一张20元的票子递给了大妈，转身走了。

"哎，哎，不收你的钱，怎能收你的钱呢？"大妈追着喊。

马队长回头挥了一下手："大妈，算我掏钱买了。"

大妈说："那你等等，我找你钱……"

"别找了，我明天还来买。"说着话，马队长已经走远了。

围观的人们见状，纷纷掏钱购买烤红薯。转眼间，大叔大妈的烤红薯被抢购一空。

当天晚上，马队长就给全体队员群发了一条短信，允许大叔大妈在街上卖烤红薯，同时号召大家都去买烤红薯。末了，马队长还说，红薯是第一防癌食品，好吃不贵。

接下来，马队长和他的队员们天天去买大叔大妈的烤红薯。

在他们的影响下，市医院附近的人都去购买老人的烤红薯。

又过了几天，马队长忽然没见着大叔大妈。他以为是谁把他们赶走了，把单位人问了个遍，都给否认了。

马队长隐隐约约感到一丝不安。

后来，铁皮烤炉又出现了——只有大叔一个人在卖烤红薯，大妈没来。经询问，才知道大妈突发脑溢血，在医院治疗了十多天，由于没钱治疗，提前出院了。

看到大叔在寒风中瑟瑟发抖、孤单无助的样子，马队长心中一动，回去后立即组织全体同事捐款，给老人在街头摆了一个漂亮的简易彩板房子，房子上面喷着白色的"爱心烤红薯"几个大字。

一个月后，"红薯大叔"因过度劳累突然跌倒，初步诊断，老人颅骨骨折，颅内出血。

城市管理行政执法大队再次点燃了"红薯大叔"的烤炉，马队长和他的队员们轮流卖烤红薯，所得费用全部捐给"红薯大叔"。

经热心的网友和媒体报道后，一时间，小城人都喜欢上了吃烤红薯，烤红薯成了"抢手货"。而且不少志愿者加入到了卖烤红薯的行列，为"红薯大叔"一家募捐。

这年冬天，"爱心烤红薯"成了小城一道亮丽的风景。

老人和狗

　　老人又瘦又枯，脸上又干又皱……他看上去至少有七十多岁，也可能是八十多岁。老人养了一条狗，狗也有些年头了，但老人一直叫它"小狗"。小狗的脖子套着个项圈，用绳子系着，另一头就拴在老人的手腕上。老人和小狗如影随形，从不分离，即便夜里睡觉，老人也不解开绳子，老人睡在床上，小狗就卧在床脚。有时老人半夜醒来，会冷不丁地拽拽手中的绳子，看看小狗是否还在。老人起来撒尿，也会把小狗叫醒，说小狗，尿尿了。小狗哼叽两声，赖在地上不动。老人咕哝说，跟你小时候一样懒，那时候你就爱尿床。到了冬天，老人就会给小狗弄个大纸箱，里面垫些旧衣服破棉絮什么的，唯恐小狗挨冻……

　　老人手脚不利落，买菜、做饭不方便，就批发一些方便面、火腿肠、豆奶粉之类的东西，来对付一日三餐。老人煮方便面的时候，就得给小狗另外做吃的，因为小狗不吃方便面，有时喂它火腿肠，有时给它做鱼吃。小狗吃鱼的时候，老人还把鱼刺剔出来，怕卡住小狗的喉咙。老人嘴里还不住地嘟囔，说你小时候就爱挑食，面汤不喝，非喝奶粉不可，我小时候喝过那玩意儿？小狗吃东西的时候，老人就静静地看着它。老人的目光里有些什么呢？那里面什么也没有，可是什么也全在那里面了，那是一种柔情蜜意般的爱怜的目光。

　　更多的时候，老人是和小狗一块玩耍。老人翻出纸箱中的玩具，全都是些狗玩具，有电动狗、布绒狗、瓷狗等等。老人一件一件地把玩，还拿到小狗跟前不住地晃悠。小狗只是眨巴两下眼睛，摇摇尾巴，并没过多的反应。老人就有些失望，一边赌气地往纸箱里拾着玩具，一边气呼呼地说，你小时候不是爱玩这些玩具吗？有时玩到兴头上，饭也不吃。老人说罢，又去拿相册。观赏相片也是老人和小狗每天必修的课程，相册被翻得角都翘起来了。老人翻开相册，指着其中一张相片，说小狗，你看你小时候的样子，多神气，多威风啊。小狗看了一眼相片，就用嘴去吻老人那像用树枝做成的小耙子似的手，摇着尾巴悄声哼哼着。老人指着另外一张相片说，瞧，这是你满月时我抱着你在公园照的。这一回，小狗耷拉着眼，似乎不高兴。老人扫了小狗一眼，就合上相册，说闷了？来，我给你表演表演。老人就趴在地板上爬动起来，不时地"汪汪"着学一两声狗叫。小狗兴奋地围着老人跳跃。老人那浑浊的眼睛里现出满足的神色，说小狗来呀，让我驮驮你，你小时候不是最爱拿我当马骑吗？小狗却不买老人的账，使劲拽着绳子往门口拉。老人知道，小狗是想去外边兜风了。老人就气喘吁吁地站起来，用袖子胡乱擦了两把脸上的汗，牵着狗出门了。

　　老人步履蹒跚，走得很慢。小狗颠颠着不离老人左右。经过一个在草坪上玩耍的小男孩时，可能是小男孩看到小狗已经老得没了威力，又被人牵着，也可能觉着好玩，就拿起一根小木棍敲了小狗的腿一下。小狗疼得翘起后腿，冲着小男孩龇牙咧嘴地猎猎狂吠，小男孩吓得像只受了惊的野兔撒腿就跑。老人的脸色霎时间变成了灰色，嘴唇发抖，但没说出一句话，他忙蹲下去察看小狗的腿。小狗的腿没有外伤，但还是斜着身子翘着那条腿，显然十分疼痛。老人便慌张地牵着小狗往家赶。

　　老人进了家门就直奔电话机，很熟练地摁了一串号码。老人拿起话筒，说喂，你是小狗吗？啥哟，不要叫你的小名儿？嘿嘿，叫了几十年，改不过来嘴……没人打你的腿吧？我胡说啥了？我不是担心你吗？啥时候回国？明年？好，就这。挂了电话，老人的嘴唇颤栗着，终于，眼里汪出的泪珠顺着满是皱纹的面颊滚落下来。

红灯停·绿灯行

　　峰是一个十分优秀的男孩，他在德国留学期间，结识了一位名叫娜娜的德国姑娘。娜娜很漂亮，有着金色的长发，深蓝的眼睛，身材绝对惹火——高挑，丰满，很有肉感。没多久，两个人相爱了。他们花前月下，海誓山盟，用当时国内流行的爱情语言讲就是，要问爱得有多深，月亮代表他们的心。

　　有一次，峰和娜娜去参加一个朋友的生日宴会。经过一个十字路口时，恰巧红灯亮了。峰左右瞧了瞧，见一时无车辆通过，便昂首挺胸勇敢地走了过去，途中还冲娜娜灿然一笑，摆了下手，示意她抓紧时间跟上。娜娜没动。娜娜不但站在原地没动，反而吃惊地瞪大眼睛看着峰，好像峰是个怪物似的。绿灯亮了，娜娜这才袅袅地走过去，苍白着脸色说，峰，我们分手吧。峰不以为然，认为娜娜开玩笑，可是当他去牵娜娜的手时，娜娜转身甩掉了，吊着脸，说真的，我没给你开玩笑。峰就一下子惊了脸，说为什么？娜娜黯然半天，才讲出原因，说红灯停，绿灯行，这是最起码的交通规则，你连这个都不懂，我跟着你会缺乏安全感……说完，撇下他一个人，硬硬地走了。峰的心灰了，脸色变得很凄惨。娜娜是他初恋的女孩，曾令他神魂颠倒过，朝朝暮暮思念过，刻骨铭心伤痛过。可以说，那时峰的心中，娜娜就是他的马克思。现在，娜娜离他而去，他的心里能不难过？

峰回国后，又认识了城里姑娘小芳。小芳也是一位温柔可人的女孩，她眼睛明亮，脸颊丰满，腰肢婀娜……与峰在一起，可以说是郎才女貌天造地设。两个人一见钟情私订终身，爱得如胶似漆黏着呢。

那天，峰带着小芳外出吃饭。走到一个十字路口时，绿灯还剩有几秒钟的时间，小芳说声"快"便牵着峰的手要穿越斑马线。吃一堑长一智，峰吸取初恋时的经验教训，便挣脱小芳的手，站立着不动。及至红灯闪烁，小芳已跑到了马路对面。等到绿灯再次闪亮，峰才走过去。这时，小芳一个人已经走远了。峰追上去，才发现小芳生了他的气，并说出了"咱俩的关系到此为止"之类的话。

峰没当一回事，认为小芳逗他玩儿，可是当他甜着脸去揽小芳的肩膀时，小芳扭身躲开了，黯淡着脸，说真的，我不是给你开玩笑。峰就一下子苍白了脸，说为什么？小芳黑着脸，默然片刻，才说出缘由，说你这人太谨小慎微了，连红灯闪亮前的机会都不懂得把握……说罢就兀自一团云似的飘走了。峰目瞪口呆。两个人就这样分手了。

又有热心人把小翠介绍给了峰。小翠也是个很不错的女孩，白皙高挑，凹凸有致，长发飘飘……从失恋的阴影中走出来的峰，眼睛为之一亮。很快，两个人便双双坠入了爱河。谁想得到，他们的爱情又让红绿灯给弄得无花无果，荒芜掉了。

这天，峰和小翠来到一个十字路口。想起前两次失败的教训，峰左右为难犹豫不决，他看看红绿灯，瞅瞅小翠，不知道该走不该走。就因这个，小翠提出和峰分道扬镳。眼里浮着茫然的峰问个中原因。小翠脸上一寒，不依不饶地说，你连过一个十字路口都优柔寡断摇摆不定，还算一个男子汉吗？

峰耷拉着脑袋，一副苦瓜的模样。

再有人给峰介绍女朋友时，不管女孩有多优秀，峰都一一拒绝了。一个十字路口就把他搞得焦头烂额苦不堪言，以后的日子怎么办？后来，峰遇到了他的中学老师。老师问起峰的家庭情况，峰才忍不住把自己的苦恼告诉了老师。老师拍了拍峰的肩膀，语重心长地说，孩子，别想那么多，路在你的脚下，你只要按照交通规则来走路就是了，红灯停，绿灯行……爱情自然就会来的。

峰记住了老师的话。没多久，就有一位美丽大方又聪颖贤慧的女孩爱上了他。

拜年

年关到了，年货还没置办，"西瓜大王"刘老根就思谋着初一拜年的事了。

现在各行各业各色人等都把年关当成拉关系走门路的黄金时期，而一年当中只有一次拜年的机会，因此马虎不得。老伴叹口气，说今年都去给谁拜？税务所所长？工商所所长？还是……没等她把话说完，刘老根就打断她的话，说咱是小本生意，不敢这样拜啊。老伴疑惑地说那咱不拜？刘老根说不拜会中？咱今年不给别的拜年，只给城管执法大队张队长拜年。老伴黯然着脸，说中，卖了一季西瓜，城管执法大队找了咱几回茬。

西瓜刚下来的时候，刘老根和老伴拉了一车西瓜刚停到街口，城管执法大队的几位队员如从天降，迅速把西瓜车包围了，说他们占道经营，影响交通，要罚款200块。刘老根苦苦哀求，老伴也是鼻子一把泪一把地诉苦，围观的群众也都替他们讲情。在这种情况下，城管执法人员才让他们把车拉走了事。第二次，城管执法队员说他们在居民区家属楼经营，噪声扰民，把秤给摔坏了；第三次，城管执法队员说他们乱扔瓜皮（其实是顾客扔的），把一车西瓜给拉走了……

刘老根苦着脸，说咱没别的手艺，光会种西瓜……跟城管打交道的日子长着呢，不烧香会中？

老伴哆嗦着手从床下边摸出一个鼓囊囊的方便面袋子，说那就给城管执法大队的张队长送200块？

刘老根说两个巴掌，得1000块，少了人家看不到眼里，反说咱恶心人家哩。多给我几张，再碰见人家小孩在家，还不得丢两张压岁钱？

老伴嘟囔说，又得两车西瓜。

刘老根无奈地说，咱这不是给逼的没办法吗？舍不得孩子打不得狼，羊毛出在羊身上，别可惜那俩儿钱。

大年初一早上，刘老根连饺子也顾不上吃，就简单收拾了一下，揣上钱准备上路。他怕去晚了，让其他的送礼者看到，给张队长难堪。刘老根虽说是个粗人，但也知道其中的道道儿。

谁知道，就在刘老根出门时，迎门进来一群人，其中就有他熟悉的几位城管执法人员。刘老根不由一愣，说你们——

有位城管执法人员忙趋前一步，把一位戴眼镜的中年男人介绍给刘老根，说老刘，这是新上任的焦队长，今天来给您拜年来了。

焦队长？给俺拜年？刘老根扑闪着眼睛，半天回不过神来。

焦队长笑着说大叔，您叫我大焦好了，我一个月前才去城管执法大队上班……欢迎对我们的工作多提批评意见。

刘老根明白过来，心说好险啊，要是把钱送给张队长，还不得打了水漂啊？他来不及多想，忙把几个人往屋里让。老伴也热情地把花生、瓜子等东西摆出来，让焦队长他们吃。

焦队长说大叔，您是咱这里有名的"西瓜大王"，我就是吃着您的西瓜长大的。

啊，啊。刘老根尴尬地应答着，他不明白焦队长今天的来意，心说也是黄鼠狼给鸡拜年没安好心，来讨要红包的？

焦队长笑了笑，真诚地说大叔，在过去，我们城管执法工作确实存在缺陷，给您和大家带来了不便，在社会上造成了极坏的影响……我在这里给您赔礼道歉，大叔，对不起！

顿时，刘老根心里热乎乎的，不知道说什么才好。

焦队长说，我们今年计划给你们这些小商小贩划分几片经营的区域，或者在不是中心市区的主要路段，设置定时摊点。

刘老根大喜过望，说好，好。

焦队长说，当然，不能说你们占了地盘就什么都不管，脏水、垃圾到处都是。

刘老根说你放心，俺的屁股俺擦干净就是，绝不会把瓜皮乱丢。

焦队长拿出一张新年贺卡交给刘老根，说这是我们的心意。

刘老根接过贺卡，只见贺卡上面写着：城市是我家，管理靠大家，谢谢您对城市管理工作的支持，给您拜年了！

刘老根激动得语无伦次，说谢谢焦队长，今天就在我家过年吧？

焦队长说不了，我们还要去给其他商户拜年哩。说罢带领他的队员们转身走了。

刘老根的老伴带着一双面手出来，在后面嚷道，说饺子煮熟了，你们尝尝啊？

焦队长挥了挥手，走远了。饺子的香味已经飘出窗口，和着时而炸响的鞭炮声，在新年的空气中渐渐地蔓延开来。

潘镇长

　　太阳很毒，火辣辣地炙烤着他们。一个个汗流浃背气喘吁吁，喉咙眼又干又麻，咽口唾沫都困难。羊肠子的山道蛇样缠来绕去，时隐时现。三个人穿的都是短袖，路两边的荆棘在胳膊上划拉出一道道鲜红的印记，汗水漫过，钻心般地疼。紧跟在潘镇长后面的李村长干脆把褂子脱下，团在手里有时扇风，有时擦汗。潘镇长回头看看齐秘书落下好大一截，便停下来，用早已被汗水浸湿的手绢在脸上擦了几下，又攥着挤了挤里面的水分，便找块石头坐下，谁知石头被晒得很烫，他"哎呀"一声迅速地挪了下屁股。

　　李村长抬头看看面前的山，望望头顶上的天，咂吧了几下嘴，终于鼓足勇气说道："潘镇长，我看咱们就不用去了，情况就是那样。"他们今天是上摩天岭去看望张有福的。潘镇长微笑着问李村长："他家现在还有多少粮食？他的草房漏雨不？他存水的囤子有水没？他的身体状况怎样？""这……"李村长尴尬地没了下文。说实话，他一年当中也只有在发放救济款的时候，上摩天岭一回两回，鬼知道张有福现在是死是活。

　　这时赶上来的齐秘书一边用胳膊捋着脸上的汗，一边喘着气说："潘、潘镇长，我实在是走不动了。腰也酸腿也疼，又饥又渴。""歇一会儿再走。"潘镇长佛似的笑了笑，接着他又转向李村长，心事重重地说："咱们镇六十岁以上的孤寡老人二十四个，年龄最大的要数张有福，今年八十五岁……他们的生活确实不容忽视。"李村长叹了口气，说："咱镇早该建个养老院了。"齐秘书咧了咧嘴："说的轻巧，钱呢？"李村长随口说道："集资。"潘镇长将了李村长一军："不说你们村那两个石厂，你个人先捐一千吧？"李村长挠挠头，不自然地笑了，吭哧半天才蹦出一个字："中。"

山里的天，猴子的脸，说变就变。刚才还是烈日当空，转眼就乌云翻滚，先是风，后是雷，接着就是雨。三个人躲又没处躲，藏又没处藏，都淋成了落汤鸡。好在是阵雨，片刻即停。山路愈加泥泞，他们一手拽着刺手的荆棘，一手拄根棍子，一步一滑地向山上走去。

他们赶到的时候，张有福正一瘸一拐步履艰难地提着半桶水往屋里挪。潘镇长忙上前接过水桶提进屋里。屋里乱糟糟的，有一股发霉的气味。草房上还露着一片天……张有福像个叫花子，穿得破破烂烂，脸上也多日没洗似的，浑浊的眼里没一点光泽……潘镇长不忍再看，闭起眼睛重重地叹了一口气。

李村长说："有福伯，这是刚调来的潘镇长，今天特意来看您呢。"张有福神情漠然，没言语。齐秘书说："大爷，您有什么困难没有？"潘镇长瞪了齐秘书一眼，他凑近张有福的耳朵，和颜悦色地说："张大叔，我认您做干爹，您愿意吗？"李村长和齐秘书都一下子愣住了。张有福脸上的皱纹挤出个笑，恰似一朵衰菊，旋即又败了。很显然，他不相信潘镇长的话。潘镇长没再解释，招呼李村长和齐秘书动手收拾起屋子来……

潘镇长认干爹以及他要为干爹过生日的消息一下子传遍了全镇。

那天，穿戴一新的张有福老汉望着院子里来来往往的人群，他竟"呜嘀呜嘀"地老泪纵横，呜咽着说，不知他是哪世修来的福分，得了这么一个干儿子。

这一天，镇里大大小小的干部以及大大小小的企业包括个体户接到潘镇长发的请柬后，都心照不宣不约而同地揣上红包，光明正大地去贺喜捧场凑热闹了。

事后，在礼桌前记账的齐秘书算了算，扣除茶水糖果费用（没摆宴席），潘镇长纯收入十万元还出头。不说别人，全镇最穷的摩天岭村的李村长就出两千元呢。

过了两天，潘镇长在石板村又认了个干爹……

又过几天，潘镇长在峡岭村又认了个干娘……

半年后，镇里的二十四个孤寡老人都成了潘镇长的干爹干娘。仅靠给干爹干娘过生日，潘镇长发了一笔大财。于是，就有不少人说潘镇长人面兽心是个贪官赃官，甚至还有人准备举报他。

没多久，这些人都傻眼了，因为镇里神奇般建起了一个养老院，二十四个孤寡老人全搬了进去。院里的石碑上刻着一个个"捐款者"的名字。

一份特殊的合同

陈刚已经跟宇华公司的曹经理约好了，这天要去签订一份很重要的合同。合同的条款已在电话里讲好了，双方只要在合同上签个字就OK了。

早晨起来，陈刚匆忙洗刷罢，夹起公文包就要出门，没想到女儿苗苗从卧室里蹿出来，双手抱住了他的腿，意思是不想让他走。

陈刚怔了一下，弯腰抱起苗苗，在她的小脸蛋上亲吻了一下，说苗苗，你这是干什么？爸爸要出去办事。

苗苗嘟噜着小嘴，说爸爸，我不让你出去。我想让你在家陪我做游戏。

陈刚这才记起这天是星期天，苗苗不上幼儿园了。他想答应下星期在家陪苗苗，可他张嘴说不出话来。他曾答应过苗苗多次，星期天陪她去公园玩、上超市逛或者在家里玩捉迷藏之类的游戏。可是，他从来没有兑现过一次。公司里的事情实在是多，跑项目，找资金，寻市场，客户来了要接待，领导来了要陪同，还有公司内部的七事八事……一个字，"忙"啊！在外面吃，在外面住，在家的机会很少，真像妻子说的那样，把家当成了旅馆。想到这里，他叹口气，却想不起说什么才好。

这时，只听妻子在卧室里叫道，苗苗，回来！妻子并没从卧室里出来，看来妻子也生陈刚的气了。是啊，恩爱夫妻，离多聚少，搁谁都生气。

苗苗十分不情愿地说，不，我不让爸爸出去，我让爸爸陪我玩。

陈刚自知理亏，低声下气地说苗苗，爸爸回来给你买一个玩具好不好？给爸爸说说，你想要什么？芭比娃娃？变形金刚？

苗苗在陈刚怀里扭动着身体表示抗议，说我什么都不要，我就要爸爸。

陈刚和颜悦色地说苗苗，爸爸知道你是个乖孩子，但爸爸今天有事，要去跟客户签订合同。

苗苗眨巴了两下眼睛，说爸爸，签订合同是干什么啊？

苗苗才六岁，陈刚怕给她解释不清楚，想了想，就直截了当地说，签订合同就是赚钱。

苗苗似乎懂事地点点头，说爸爸，能赚多少钱啊？

陈刚说，能赚好多好多钱。确实是这样，今天去把合同签了，等于赚了50万元。

苗苗说爸爸，今天不去签合同就挣不到钱，是吗？

陈刚又亲吻了苗苗一下，说对，苗苗真聪明。

苗苗就从陈刚的怀里挣脱出来，转身跑进了她的卧室。陈刚松了一口气，以为苗苗同意他出去了，刚要说再见之类的话，只见苗苗抱着她的储蓄罐出来了，说爸爸，我也跟你签订合同好不好？

陈刚让苗苗给搞糊涂了，说签合同？你跟我签订合同？什么合同？

苗苗也不说话，她把储蓄罐里的钱"哗哗啦啦"都倒了出来，最小的有一分的硬币，最大的是10元的纸币，看样子总共也不超过100块钱。苗苗这才说道，爸爸，我把这些钱都给你，你陪我玩一天好不好？

陈刚心头一热，不知道说什么才好。

苗苗歪着头，天真地说爸爸，你是不是不愿跟我签这个合同？你如果嫌钱少，就陪我玩一会儿好吗？

陈刚丢掉公文包，抱起苗苗，动情地说乖女儿，爸爸十分愿意跟你签这个合同。爸爸今天哪儿也不去了，就陪你玩！说着话，他的眼睛已经湿润了。

曹经理得知陈刚不能按时赴约签订合同，很是生气，当他明白个中因由时，感动不已，破例通过电子邮件把合同给签了。

屠夫做手术

张大婶的肚子有点不舒服，便来到附近的一家医院就诊。门诊医生望、闻、问、切一番，又给她拍个片子，最后对她说："从片子上看，你肚子里长了一个肿瘤，需开刀做手术，再做下一步治疗。"肚子里有肿瘤？张大婶吓了一跳，于是听从医生的建议，办了住院手续。

第二天，医院就安排给张大婶做手术。当张大婶被推进手术室后，一名年轻的医生和两个护士都围了上去，准备给她做麻醉。张大婶发现，这个主刀医生不是昨天那个门诊医生。她仔细一打量，看到年轻医生的眉心有颗黑痣，便大吃一惊，忽地从手术台上坐了起来，一边打着颤一边嗫嚅着说："俺不做手术了，俺不做手术了。"

年轻医生和护士都被张大婶给弄迷糊了，不知道是怎么一回事。

年轻医生说："大婶，您的肚子有个瘤子，现在还不知道是良性还是恶性，必须开刀……"他一边说一边把弄着闪着寒光的手术刀。

张大婶慌乱地摇着头，一脸惊恐地说："求求你了，别给俺开刀。"

一名护士说："大婶，马医生是省医学院的高才生，前年分配到我们医院的，手术高超……您不用害怕。"护士以为张大婶不相信马医生的医术。

马医生也笑了，说："大婶，这是一个小手术，一点问题都没有……这样的手术我做了上百例。"

另一名护士点了点头，说："就是，现在我们医院的老医生也都相信马医生的手艺，他们一般不做手术了。"

然而，无论马医生和两名护士如何劝说、安慰张大婶，她就是不愿做手术。

张大婶回到病房后，趁医生和护士都不在，急忙给家人说明了真相，说那个主刀的马医生是个冒牌医生，他是杀猪卖肉的，她去肉市场买肉，遇到他好几次。

有这事儿？张大婶的儿子吃了一惊，说："娘，您没看错人吧？"

张大婶说："我绝对没看错人，因为他眉心有颗黑痣，太显眼了。"

张大婶这么一说，陪护她的儿子媳妇都不愿意了，立即拨打了当地媒体的电话，随后又打了110。

等记者和警察都涌到医院后，才把院长给惊动了，他匆匆来到病房，急切地说："咋回事儿？咋回事儿？"

不等张大婶开口说话，张大婶的家人就七嘴八舌说开了，一个个言辞激烈，义愤填膺：

"咋回事儿？别装聋作哑了。弄一个屠夫来动手术，真是天下奇闻！"

"幸亏我们发现得早，若是出了医疗事故，你们能负起这个责任？"

"有拿住猪崽学医术的，没听说拿住病人学杀猪本事的……我们要上诉！"

这时候，马医生也闻讯赶来了，脸上一阵儿红一阵儿青的。

张大婶的儿子挥拳要打马医生，被警察给拦住了。

院长终于明白了前因后果，他处变不惊，笑了笑说："小马是在市场上杀过猪卖过肉，但他的职业是医生。"

张大婶的儿子冷冷一笑，说："你们听听，这叫啥话？这应该在媒体上好好宣传宣传。"

院长微微一笑，不慌不忙地说："说得好，是应该好好宣传一下。小马是个孤儿，是他们村的刘大爷资助他上的学。刘大爷是个光棍汉，一生以杀猪卖肉为业。小马毕业上班后，想把刘大爷接到自己身边，让刘大爷安度晚年。但刘大爷脾气耿直，不愿连累小马，也不愿罢手他喜欢的营生。小马没办法，只有趁休班的时间去帮助刘大爷杀猪卖肉。难道这不可以吗？难道这不值得宣传吗？"在场人的人都哑口无言，都用钦佩的目光望着马医生。

第四辑 康百万

康百万

　　这天，康百万走出庄院来到河堤上。正是仲秋时节，晴空一碧万顷。有微风轻抚，夹杂着成熟玉米的馨香，令人神爽。黄河北岸是一望无垠的玉米田，在风的吹拂下，形成一种缓而长的波纹，好像是一条绿色的河流。黄河上有数艘船只在顺风而下或是逆流而上，由于此处是河洛交汇的地方，虽然地势舒缓，但河水形成一个大大的漩涡，倒使往来船只行走迟缓。俗话说船工不行哑巴船。从近处的船上传来船工们抑扬顿挫的号子：远观南山一庙堂，姑嫂二人去降香，嫂嫂降香求儿女，小姑降香求商郎，再过三天不降香，夹起包袱走他娘……

　　河里的船不足十艘，有四五艘都飘着带有"康"字的大旗。康家的"太平船"正停靠在码头补充给养。和其他船只相比，"太平船"显得格外高大，格外壮观。船上"下山东一本万利，回河南大发财源"的对联清晰可见。康百万脸上浮出笑，也禁不住跟着船工的号子哼唱起来。

　　这时候，儿子康小勇屁颠屁颠地来了，一边走一边气喘吁吁地叫道，爹，爹！

　　康百万看到康小勇身后还跟着个仆人，微微皱了一下眉头，说该成家的人了还这么莽撞？什么事？

　　原来是"昌又盛"商号的船只"大太顺"破损渗水了，一时间修复不了，他们想把船上的棉花和布匹贱卖给康家。

康小勇兴奋地说，爹，这真是天助我也，我们声称不要他们的货物，到最后只怕他们要白送给我们……船上的货物有十万斤左右，这样一来，怕是"昌又盛"要元气大伤了。

"昌又盛"是山东的一个大商号，除了"大太顺"，另外还有一只大船"白龙马"，两只船犹如"昌又盛"的左膀右臂，如果损坏一只就可想而知了。

康百万狠狠瞪了康小勇一眼，说给我闭嘴，赶快找人帮他们修船，如果实在不行，就让他们把船靠在岸边，货物转移到我们的船上，替人家跑了这一趟。

康小勇吃惊地看着父亲，似乎不相信父亲会说出这样的话。

康百万厉声说道，看什么看？我是你爹！快去！

在康家，康百万的话就是圣旨，没有人敢违抗的。康小勇悻悻而去。

康小勇找了自家船厂的数名技工，不但把"大太顺"给修好了，还派人护送了他们一程。

事后，康百万把康小勇叫到跟前，说孩子，你知道世人为什么叫我"康百万"？

康小勇说还不是因为咱家有钱？

康百万叹口气，感慨地说，道光年间，黄河发大水，淹没河南、山东两岸，秋冬农闲兴修水利，当时政府无钱，康家资助不少银子。除了修建黄河大堤，康家还建学校、赈济灾民……康家舍得疏财，地方政府上报朝廷，道光皇帝恩赐"康百万"。慈禧太后逃难路过河洛时，我们康家也出资百万帮助了她……我们康家历代的掌门人都是康百万，你爷爷，你爷爷的爷爷，他们都叫"康百万"，等我百年以后，如果你能继承家业并发扬光大，你也是"康百万"。

康小勇说爹，我保证不辜负您的期望。

康百万淡淡一笑，说那天你为什么口出狂言，准备乘人之危趁火打劫呢？

康小勇迟疑了一下，说爹，商场如战场，不是你死就是我亡……

康百万摇摇头，说小勇，你给背一下康家的家训。

这个不难，康小勇自小就背得滚瓜烂熟。他不假思索，张嘴就来：

留有余，不尽之巧以还造化；留有余，不尽之禄以还朝廷；留有余，不尽之财以还百姓；留有余，不尽之福以还子孙。盖造物忌盈，事太尽，未有不贻后悔者。高景逸所云：临事让人一步，自有余地；临财放宽一分，自有余味。推之，凡事皆然……

康百万说你理解其中的意思吗？

康小勇赧然一笑，没有说话。

康百万语重心长地说道，孩子，家训的意思说白了，就是说啥事都不能做绝啊！无论做人还是做事，无论是对上还是对下，凡事都留有余地。对上荣而思报，报效朝廷和国家；对下富而思济，救济贫困灾民……我们康家兴旺三百多年了，其主要原因就在这里。你想想，如果没有了国家，我们的生意能顺利做下去吗？如果没有了老百姓，我们的生意做给谁去？如果没有其他商号的小船，怎么显得我们能装20万吨货物的"太平船"？从另一方面说，做生意其实和山上的动物是一样的，适当有一些天敌会更有助于活下去。我们不能让对手消失，他们也是我们前进的动力！

康小勇豁然开朗，对老父亲佩服得五体投地，心说姜还是老的辣啊。

大贼船

有一年的春天，康家的"大贼船"要往山东运送一批特殊物资，虽有康小勇压船，康百万还是不放心，担心儿子年轻，不会处理应急事务，好在家里妯娌和睦，兄弟齐心，没有什么后顾之忧，于是，康百万把整个家园丢给管家，自己随康小勇上了"大贼船"。这也应了那句"船不离舵，客不离货"的老话。

黄河在河洛一带，河水不事张扬，显得平静，温柔。到了晚上，更显得神秘、单纯。远处，有金色的鲤鱼不时地跃出水面，激起一个个银色的圆圈。银圈在扩大着，扩大着，一直扩展到岸边的水草里或是船下，于是，浸在水里的星星，也闪闪跳跳地晃动起来，活像无数颗金珠在一幅绸缎上滚动着。船顺水而下，河水"哗哗"地拍击着堤岸……康百万躺在甲板的太师椅上，惬意地"吧嗒"着旱烟。康小勇毕恭毕敬地站在一边，随时听从父亲的指教。

自家船上的船工们在快活地哼唱：

天上下雨呵地下流，

小两口打架呀不用愁！

白天吃饭哪一把勺儿，

下黑睡觉呵一个枕头……

这些船工们也是苦中作乐啊。康百万不觉咧嘴一笑。

好像比赛似的，相邻一只船的船工也在叫着号子：

一条飞龙出昆仑，

摇头摆尾过三门。

吼声震裂邙山头，

惊涛骇浪把船行……

听着此起彼伏的号子，康百万迷迷糊糊即将进入梦乡的时候，老排（即艄公）慌慌张张上了甲板："老爷，有个不好的消息要禀报……"

康百万从鼻孔"哼"了一声，示意老排说下去。

老排说刚在船上抓到一个贼，是船在岸边装货时，趁人不备潜伏到船上来的。

说这话的工夫，几名船夫已推搡着一个中年汉子过来了。

中年汉子自称是洛河岸边的人，老母亲有病，婆娘生孩子难产死了，撇下一双嗷嗷待哺的儿女……家里实在揭不开锅，万般无奈，才出此下策。想到这条船叫"大贼船"，肯定这条船的来历也有问题，即使被抓，船主也不好意思说什么。

中年男子的话是有根由的。在当时有一种特殊的习俗，就是在造船的过程中，船主去偷一块木料做在自己的船上，认为这样可以发大财，没有外财不发家吗——偷来的木材是"外材"，谐音为"外财"。正是因为这样，康百万故意为自己的一条船取名为"大贼船"，寓意有"外材（财）"，等等。

康小勇忍不住了，气呼呼地说，你到康家的船厂打听打听，康家那么多船，何曾偷过他人一块木材？

中年汉子张口结舌，说不出话来。

康百万饶有兴趣地看着康小勇，似乎看他怎么处置这个小偷。

康小勇越发来了劲头，说敢欺负康家，真是吃了熊心豹子胆……要不是看在乡亲的分上，把你抛在河里喂王八也不为过……老排，把他捆绑起来，送给官府处置。

中年汉子闻听，扑通一下跪在甲板上，磕头如捣蒜。

康百万用鼻孔"嗯"了一声，康小勇忙闪到一边。

康百万说我看这位汉子也是到了难处，要不然也不会做出这等事。既然家里有如此艰难，老排，就给他一些银两，如有上行的船只，就让他搭乘回家吧。

等众人退下后，康百万给康小勇解释，说如果那个老乡所言属实，他家里怎么办？把他送到官府，冤仇怕是就结下了。再者，给他一些银两，对康家来说是九牛一毛……我这样处理，也是符合祖训的。

爹，您教训的极是。康小勇心悦诚服。

当"大贼船"顺利返航后，管家知道了这件事，根据众人的描述，他知道那个中年汉子是他的邻居。管家说中年汉子骗了康百万，他的老娘身体很健康，婆娘非常勤快，田里家里一把手，一双儿女也活泼可爱……家里的日子并非他说的那样一塌糊涂。

康百万说真的？那个老乡的母亲没有病？婆娘也没有死？

管家说是，老爷。

好！好！好！没有比这个消息再好的了。康百万呵呵一笑，转身哼着小曲走远了。

老爷怎么一点也不生气？管家诧异不解，半天没回过神来。

神磨

再过半年，县太爷曹建就要告老还乡，回老家颐养天年了。

这么多年，他异地为官，从未给家乡父老做过什么，坦白地说，芝麻大的贡献也没有，如果将来卷铺盖回老家了，乡亲们会怎样看待自己？不说给自己难堪，假如他们不搭理自己，那该有多尴尬？曹建这么一琢磨，便想趁自己现在还在位上，手里多少有点权利，给老家做点事。有了这个想法后，曹建立马又作难了。他为官多年，但一身正气，两袖清风，手里并没多少积蓄。俗话说，有了银子好办事。没有银子，怎么办事呢？办什么事情能不花钱呢？如果变相收取苛捐杂税，那又不是他的作风。

曹建忽然间有了主意。在他管辖的地盘上有盘神磨，那盘神磨从表面上看和普通石磨没什么区别，之所以叫神磨，有它独到的地方：就是从来不用石匠锻，如果磨出来的面粉粗糙了，只要用水泼一泼磨盘，石磨就跟石匠拿钢钻锻过的一样，磨出来的面粉非常细腻，三罗两罗就把面筛了出来……久而久之，当地老百姓就称这盘石磨为神磨。想到这里，曹建两眼一亮，心说如果把这盘神磨转移到家乡，还不把乡亲们高兴坏了？不说感恩戴德自己一辈子，起码自己在村里能够站稳脚跟了。

曹建是县太爷，他要办的事没有人能阻挡得住，尽管当地老百姓十二分的不愿意，但也没有办法。

很快，神磨被辗转百十里拉到了曹建的老家。乡亲们没有想象当中的激动和高兴，只是觉得很新鲜。族长甚至不屑一顾，根本不相信神磨有传说的那么神奇。

在族长的指挥下，神磨连夜安装好了。族长是村里的老大，当然，他是第一个使用神磨的人。

等到磨盘"呼噜噜"一转，在场的人都大吃一惊，包括曹建——神磨竟不神了，而是出鬼了：粮食下到磨眼后，无论磨盘怎样转动，就是不见出面粉。

族长一脸惶恐，忙颤巍巍地对曹建说，县长大人，神磨显灵了，是在惩罚咱们不该夺人所爱……你还是派人把神磨拉回原籍吧。

曹建虽不信邪，但也感到很震惊，心说难道这盘神磨真的不同一般？莫非还要找个道人来驱驱鬼镇镇邪？

族长似乎知道曹建的想法，又是打拱又是作揖，恳求曹建搬走神磨，说县长大人，赶快把神磨弄走吧，要是不搬走，不定村里出啥事呢。一旦有个三长两短，大伙不会轻易饶恕你。

曹建心里一惊，觉得族长的话不无道理，心说自己可不能干出力不讨好的事情。再说，自己也尽心尽力了，乡亲们要责怪，只能责怪神磨。

于是，神磨又物归原主完璧归赵。

说来也怪，当地老百姓再使用神磨时，跟过去一样，磨出来的面粉非常细腻。如果磨出来的面粉粗糙了，只要用水泼一泼磨盘，神磨依然如新……曹建这才松了一口气。

转眼间，曹建卸任了，随身携带的只有一个"清正廉明"的匾额，那是临启程时，当地老百姓送他的。

曹建同样没有想到，当护送他的轿子一进老家的村口，族长就带着全村男女老少迎接他来了，场面热烈又隆重。曹建感动之余，满面羞色，喃喃地对族长说，我当了多年的官，没给乡亲们办过一件事……我实在感到汗颜。

你想哪儿去了？族长呵呵一笑，指着那个"清正廉明"的匾额，说大伙儿需要的是这个。

曹建眨巴了几下眼睛，似乎不明白族长的话。

族长用赞许的眼光看着曹建，说你不知道，大伙儿都为村里出了你这个清官感到脸面有光呢。

一时间，曹建感慨万千，心里暖洋洋的，暗自庆幸是那盘神磨庇护了自己，要不是它，自己的一世清明就毁了，怕是也得不到乡亲们的谅解。

多年后曹建才知道，当初是族长故意让人把神磨的下扇装反了，神磨才磨不出面粉的。

留余

康家的生意越做越大，经营的有饭店、棉花、布匹、食盐、军需等多个行当，利用洛河和黄河航运的便利条件，把生意做到了山东、陕西等地。可是，康百万发现，康家的摊子大了，利润倒没怎么上升。难道是里面有人捣鬼？他通过调查，发现大相公以及各个行当的相公、账房先生及相公，都是按照他的旨意在循规蹈矩地做事，寻求利润最大化，恨不得一两纹银当成二两花，并没有投机取巧，更没有吃里爬外。原因出在哪里呢？他愁肠百结，百思不得其解。

这天后晌，康百万信步来到了神都山下，想散散心，排解一下心中的郁闷。黄河黄，河面宽阔，像一幅闪光的黄绸；洛水清，水流平静，河面如清绒的地毯。如果说黄河有男子汉的粗犷，则洛河有女子的婉约。两条河交汇后，一黄一清界限分明，绵延数里后形成一个巨大的旋涡，经过一番激烈"搏斗"，最终洛河融进了黄河里。据说，伏羲创造的八卦图就是根据这一景象画出来的。黄河里走着不少大大小小的船只，船工的号子抑扬顿挫，此起彼伏……一个头戴草帽的老汉，站在河边的树下，拿着一个大舀子——漏水的勺子（一种简易的捕鱼工具，好比厨房里的笊篱，只不过大一些而已），一动不动地盯着水面。

康百万来到老汉身边，顺势坐在河岸上，观看老汉捞鱼。

老汉看了康百万一眼，没有说话，转眼盯着水面。

康百万瞅了瞅老汉身边的渔篓，发现渔篓里只有两条二斤左右的黄河鲤鱼，皱着眉头问道，大叔，您啥时候来的？

老汉说，大清早就来了。

康百万不禁惊讶地问，大叔，大半天您就弄到这两条啊？黄河里的鲤鱼不是也不少吗？

你是说我捞鱼的水平很臭吗？老汉似乎不高兴了。

康百万忙说，大叔，没有，我没有那个意思。

忽然，老汉猛地一甩胳膊，舀子划了一个优美的弧线，似乎瞬间完成了下水和出水的过程。一条鱼被舀子捞着了，这条鱼不小，有三斤多重。老汉把鱼丢进了渔篓。

康百万发现了秘密所在，忽然笑了，快嘴快舌地说，大叔，您的舀子的洞太大了，只能捞到大鱼，一斤以下的小鱼都捞不到啊。

老汉气呼呼地说，如果舀子底部没有窟窿，想"一网打尽"，大鱼小鱼都不放过，怕是一条鱼也捞不到。

为什么？康百万顺嘴问道。

老汉说，有句古话叫做"漏水的勺子才能舀到大鱼"。这是为啥？因为漏水的那些孔，不但没有影响俺们捕鱼，反倒如渔网一般，减轻了水的冲击力，捕大鱼如探囊取物。

大叔，您说的好像有一些道理。可是，像您这种捞法啥时候才能把渔篓捞满呀？康百万感到不可思议。

老汉瞪了康百万一眼，恶狠狠地说，我不稀罕小鱼！

康百万闹了个大红脸，不明白老汉为何会发这么大的火。

话不投机，好半天两人都没有说话。康百万觉得无趣，准备起身离去。

老汉瞄了康百万一眼，像是自言自语，又像是对康百万说，如果连小鱼也不放过，天长日久，河里还会有鱼吗？不留鱼，俺们渔民日后咋生活？后世子孙咋生存？赶尽杀绝那是自掘坟墓！

"……"康百万张嘴说不出话来。仔细琢磨老汉的话，不禁对老汉肃然起敬，他的话太有哲理了。

当天晚上，康百万失眠了。留鱼？留鱼？留余？康百万如醍醐灌顶，豁然开朗，心里一下子亮堂了，兴奋得差点叫起来。

不久后，康百万召集家族会议，大刀阔斧地改变经商策略，其中最主要一条就是，做生意只赚取利润的百分之六十，要实现一定程度上的利益均衡，保持人与社会、自然各种关系的和谐，相伴相生，正常谋利，谋正当利，适可而止。他说，留余忌尽，忌盈忌满，福不可享尽，势不可使尽，心机不可用尽，留余不但是昌家之道，也是做人之则。随后，他让当朝文状元牛瑄雕刻《留余匾》挂在客厅，作为家训让后世子孙铭记。

留耕道人《四留铭》云："留有余，不尽之巧以还造化；留有余，不尽之禄以还朝廷；留有余，不尽之财以还百姓；留有余，不尽之福以还子孙。"盖造物忌盈,事太尽,未有不贻后悔者。高景逸所云:"临事让人一步,自有余地;临财放宽一分,自有余味。"推之,凡事皆然。坦园老伯以留余二字颜其堂,盖取留耕道人之铭,以示其子孙者。为题数语,并取夏峰先生训其诸子之词,以括之曰:"若辈知昌家之道乎?留余忌尽而已。"时同治辛未端月朔,愚侄牛瑄敬题。

匾中的"坦园老伯"就是时任老掌柜康坦园,是这一代的康百万。

此后,康家世世代代秉承留余思想,一直富裕了四百多年。

斗富

周财主看到康百万干什么事都顺顺溜溜的,生意做得大不说,人气也旺盛,不但老百姓说他的好,连当地官府也敬重他三分,心里就一百个不服气,听说朝廷要派人给康家挂"千顷牌",周财主心里就更加难受了。小相公陈宗武得知周财主的心病,如此这般出了个主意,要周财主跟康百万斗富。

周财主半信半疑:"这样中吗?"

陈宗武小眼睛挤了一下:"掌柜的,这样做一举两得……若是不中,您把我推到河里喂王八。"

周财主这才点了点头:"好吧,就照你说的做。"

陈宗武就放出话来,说康家是徒有虚名,财富没有周家的多,没有资格挂"千顷牌"，周家要跟康家比富，若是康家的实力没有周家多，就别打肿脸充胖子。

这就叫做一瓶子不响半瓶子咣当。

康家上下都很气愤，大相公甚至要找人收拾陈宗武。

"周财主不发话，陈宗武是不敢胡来的，不是陈宗武的错。"康百万慢吞吞地说道，看样子他并没把这件事放在心上。

大相公着急地说："老掌柜，这段时间那个姓周的天天到洛河边溜达，走路背着手，仰着头，好像老天爷是老大他就是老二了……看样子是有备而来，您可得小心啊。"

康百万的脸上掠过一丝笑意，心说大风大浪都过了，小河沟里还能翻船，他决定去会会周财主，顺便劝劝他，为人处世要低调，太猖狂了没有什么好处。

洛河就在康家门前，一袋烟的工夫不到，康百万就来到洛河边，搭眼就瞅到了周财主。

康百万主动打起招呼："周掌柜，听说你发大财了，要给我比一比？比土地？比粮食？……"

周财主打断康百万的话，谦卑地笑了笑："老掌柜，马走千里不吃别家草，人行千里尽是康家田，我咋能跟你比啊？！但是，我家的金条银锭还是有一些。"

闻听此话，康百万吃了一惊，不动声色地说："怎么个比法？是赈济老百姓，看谁拿出的多？还是捐给官府、寺庙？"

周财主说："往洛河里扔！"

"往洛河里扔？"康百万几乎不相信周财主会说出这样的话来。周财主一向吝啬，放个屁还想顺便吹个灯，怎么会舍得拿银子往河里扔呢？

周财主说："敢不敢？"

"我不敢！虽然我视金钱如粪土，但是毕竟来之不易啊。"康百万摇摇头。

没等周财主说话，他身边的陈宗武阴阳怪气地说："是骡子是马拉出来遛遛，不敢就不要骑西瓜过河——充大蛋！"

"掌柜们在说话，哪有你插嘴的份儿？你算哪根葱？"康家大相公看不惯陈宗武的嘴脸，忍不住讥讽道。

"我不是葱，你也别装蒜，再大的相公也是个跑腿的！"陈宗武头一歪，眼珠子不停滚动着。

康百万也来气了，说："都别嚷嚷了，既然你周掌柜把钱财不当回事，我姓康的更是没放在眼里，扔就扔！"

"好！这才像老掌柜的作风！"周财主转身对陈宗武说，"赶快回去把金条银锭用小车推来，现在就往河里扔，谁怕就是王八！"

康百万也吩咐大相公回家搬金银。

时候不大，周家推来了一小车金银珠宝，康家也整箱整箱地往码头搬。

周财主打开一个箱子，拿起一根金条就往河里扔，然后看着康百万。

康百万也不示弱，抬了一下下巴，示意大相公也往河里扔。

大相公有点舍不得："老掌柜，真扔啊？"

"扔！人家周家不把钱财放在眼里，我姓康的也一样！"康百万笑眯眯地说罢，朝周财主眨巴了两下眼睛。

周财主没有说话，弯着腰，一根接一根地地往河里扔。

康百万见状，责令大相公不停地往河里撂。

似乎是转眼之间，周财主的小车上的几个箱子都空了，他擦了一把头上的汗，上气不接下气地对陈宗武说："回去搬！"

"慢着，"康百万摆了摆手，对周财主说，"周掌柜，别折腾了，你的银子也不是大风刮来的，再折腾下去怕是你要跳河。"

周财主说："你啥意思？输赢不是没见分晓吗？"

"算我输了，这还不中？"康百万说罢，上了康家的船，没再理会周财主。

周财主也就趁坡下驴，见好就收。事实上，他也就那点家当，再回家拿也还真拿不出来。

等到天一黑，周财主急忙对陈宗武说："你快点去捞银子。"

原来，事先周财主听从陈宗武的建议，在河底弄了一张大铁网。就是说，周家和康家都把银条银锭扔到了网里，并没被河水冲走或是沉到泥沙下面。

屁大的工夫，陈宗武喘着气，一脸惊恐地回来了："掌柜的，不好了，大铁网下面被铰了几个洞，东西全都没有了……"

"完了，完了，彻底完了。"周财主铁青着脸，恨恨地盯着陈宗武，"你、你当初是怎么说的？"

陈宗武一边抹着额头上的汗，一边讪讪道："我、我是那河里的王八……掌柜的，不是我的主意不中，是康百万太狡猾了，肯定是他搞的鬼。"

周财主气呼呼地说："你有证据吗？"

"……"陈宗武张嘴说不出话来。

第二天早上，巩县县长带着一帮子百姓敲锣打鼓来感谢周财主来了。

周财主感到莫名其妙，心说我又没有做什么善事，感谢我来干啥？莫不是来看我的笑话的？

县长说："康百万把你捐献的金条和银子派人送到了县衙，说是为赈灾做点贡献。今年闹蝗灾，庄稼颗粒无收，老百姓正愁没米下锅哩……周掌柜，谢谢你啊！"

"康、康百万……"周财主忽然间什么都明白了。

制胜法宝

　　周财主省吃俭用，精打细算，生意慢慢做大了。有了一定的积蓄，也开始置庄子买地，添置了骡马，用上了仆人丫环，出入有马有轿子……这天，他邀请康百万到他家里喝茶，说是请教生意上的事。周财主知道，只有以请教为借口，康百万才会痛痛快快答应他。

　　康百万一向好为人师，看到不顺眼的地方就要说，就要把自己的经验教训说给人家，不管你爱听不爱听。对于周财主也一样，不用他开口请教，康百万早就把生意经传给他了。起初，周财主不乐意听，说得多了，耳濡目染，也多多少少受一些影响，要不，他也不会这么快就成为富甲一方的财主。

　　周财主以请教为借口邀请康百万，一来是想表示感谢，二来也有炫耀的意思在里边。

　　听说周财主要向自己讨教，康百万很爽快地答应了。走进周财主的新宅子，他吃了一惊，真是不看不知道，一看吓一跳。周财主家的变化太大了：依山就势，靠邙山打的窑洞，有上下三层，每层有十孔窑洞，一应家具应有尽有，都是新崭崭的，家里边也不乏古玩字画……康百万点点头："周掌柜，才短短几年时间就弄得有模有样像个大户人家，不错不错。"

周财主掩饰不住满脸的笑意，心里边跟喝了蜜似的，说："老掌柜，我有今天，还不都是您教诲的结果？"

康百万说："继续努力，不要满足现状。"对于可塑之才，康百万一向关怀有加。尽管周财主有一些地方做得有差池，康百万并没排斥，有机会就点拨。

周财主得意地说："老掌柜，您看我还缺什么？您没把我当外人，我也不能给您丢脸，也做得不能比您差是吧？"

康百万未假思索，张口就说："周掌柜，不瞒你说，你还真缺一样东西！"

看到康百万不像是在开玩笑，周财主下意识地四下看了看，顿了一下，说："老掌柜，缺什么？对我来说，重要吗？"

康百万点点头，说："周掌柜，很重要，有了这样东西等于你就有立于不败之地的法宝！"

周财主想了想，说："是枪炮和家丁吗？我回头就安排。"

"不是这个，你好好想想。"康百万并不点破。在他看来，在关键时候，道理要靠人悟。若是他本人悟不到，你磨破嘴皮子也不行。

周财主皱着眉头，说："老掌柜，那是什么？需要多少银子？只要不超过1000两银子，我现在就派人就买。"

康百万笑了："只要你舍得银子就好办……你给我1000两银子，我去给你买。"

周财主听康百万如此说，忙摇了摇手："老掌柜，不敢劳您的驾，我让下人去买就是了。你给说是啥东西？"

康百万神秘一笑："这个东西你买不到，交给我办就是了。"

周财主当即就让人取了1000两银子交给了康百万。

过了两天，周财主听说康百万把自己给他的1000两银子都散发给了村民，他知道上了康百万的当，却无计可施，只好打碎牙往肚里咽——康百万对村民说，这是周财主的意思。你说，事情到了这一步，他周财主咋好意思去向村民讨要？

私下里，周财主恼恨康百万：老康啊老康，你有钱你救济，替我着什么急？你是眼红还是咋的？怎么老是拿我开涮呢？

大约半年后，一天晚上，一伙强人举着火把围住了周财主的家门，把大门拍得咚咚响，扬言没吃的没穿的没花的，要周家接济一下。周财主家里也就几十号人，根本不是强人的对手。他正战战兢兢不知道如何是好，附近的村民们扛着锨和镢头来了，一边齐声吆喝着："打强人！打强人！"那伙强人看到村民成群结队，气势汹汹的，忙虚晃几枪跑了。

事后，康百万对周财主说："你看看，要不是你接济村民，他们会帮你？"

周财主没好气地说："我要是用1000两银子买来枪炮，一样打退强人。"

康百万叹了口气，没再说什么。

有一天晚上，周财主家里突然发生了一场大火。当时，老人、孩子和妇女吓得嗷嗷直哭，家里的男人又没有几个，要想灭火几乎是不可能的，眼看着熊熊的烈火就要把整个家园烧成灰烬，村民们提着水桶和盆子及时赶来，你一桶，我一盆……转眼之间就把火给扑灭了。周财主四下看了看，损失只是寥寥的，烧坏了一些家具和被褥而已。他眼里的泪不由得流了出来，他打躬作揖，不停地说着感谢的话。他心里清楚，要不是这些村民，他的损失就大了。

第二天，康百万闻讯也来了。

不待康百万开口，周财主一抱拳，感激地说："老掌柜，谢谢您。"

康百万说："谢我干啥？我又没来救火。"

周财主不敢正视康百万，低着头，惭愧地说："老掌柜，啥都别说了。我知道我缺少的是什么……以后我还会'买'的！"

"呵呵！"康百万朗声一笑，"这就对了吗……爱是制胜的法宝。一个人只要拥有了爱就什么都不怕。"

心即是佛

周财主知道康百万经常到慈云寺捐钱捐物，即所谓的布施，就动了心思，打算也到慈云寺去拜一拜，祈求神灵的保佑。康百万曾对他说过，布施房舍，将来田宅宽广，楼阁庄严；布施医药，将来安稳快乐，没有病痛；布施车马，将来得神足通，通行无阻；布施浆水，将来所住的地方，永不饥渴；布施衣服，将来面目端庄，皮肤细嫩，不着尘垢；布施卧具，将来得生贵族，所用物品洁净美好；布施鞋袜，将来足下安平，行步轻健；布施伞盖，将来有大威势，能保护众生……你布施什么，将来就会得到什么。总之，以广大心布施，将来可以得到无量的福报。

"我想得到财富呢？"周财主当时反问了一句。

康百万说："想得财富就得布施钱财。"

对康百万的话，周财主深信不疑。上次，他交给康百万1000两银子，让康百万给他代买他需要的东西。康百万没经他同意就把银子接济给了村里的老百姓。后来，在周财主两次出现危机的时候，都是村里的老百姓帮忙给解的围。

周财主不想得到那么多，他就想得到财富，因此，他去慈云寺带的就是银子。

第一次，周财主捐给了慈云寺50两银子。

第二次，周财主又捐给了慈云寺80两银子……

周财主心想事成，财源也就滚滚而来。这一年中原大旱，庄稼几乎颗粒无收，好多村民吃了上顿没下顿，就去周财主家里借银子。周财主听从相公陈宗武的建议，把利息提高了不少……仅此一项，就赚了200两银子。到了冬天，由于棉花歉收，周家店铺做出的棉衣的价格比往年高了近一倍，这个生意也为周财主赚取了300两银子。用周财主的话说就是，财神来了挡都挡不住。

这样一来，周财主往慈云寺跑得更勤了。

可是，又过了一段时间，周财主发现，自己的生意虽然个别项目赚钱，但总的算下来，赚得并不多，好多事都不顺。难道是慈云寺的菩萨不灵验，康百万骗自己的？可又不像啊，康百万每次去慈云寺，捐献的都不下100两银子。若是菩萨不灵验，他怎么舍得捐了一次又一次？

这一天，再到慈云寺的时候，周财主忍不住给住持云水禅师说了自己的烦恼。

"阿弥陀佛！"云水禅师微微向前倾了一下身体，双手合十，吟诵了一句，然后缓缓说道，"施主，行由不得，反求诸己。康家掌柜并没骗你，你做生意不顺的缘由都在于你自己。"

"原因在我？"周财主吃了一惊。

云水禅师点了点头，然后说道："去年夏天，你放贷的利息比往年高；到了冬天，你做的棉衣又抬高了价格……"

关于这两件事，康百万也曾数落过他，但他深不以为然。此刻，云水禅师又提到这些事，周财主的脸一下子红了，支支吾吾道："这、这……在商言商。再说，有人愿打有人愿挨啊。"

云水禅师微微一笑："你的话看似不错，其实不然。货色两关打不破，其人不足道也。货者，财也。爱财如命，难成大器。妄取人财，与谋财害命差之不远。妄取人财，拿来布施，无异于先饱私囊后，借花献佛博取善名，这样做就不合佛法了……妄取人财，布施无益。阿弥陀佛。"

"……"周财主张了张嘴，辩解道，"俺村还有一个财主叫张三，他一次也没来寺庙捐过钱财，怎么生意也跟康百万一样兴隆呢？"

云水禅师说："施主，布施并不只是送施财物，而是能放下对物质的贪欲。布施的真正意义是远离贪欲，而不是怀着吝啬之心施舍于人。"

周财主不服气地说："可是，可是，康百万放贷的利息也高啊。"

"阿弥陀佛！"云水禅师念诵了一声，说道，"康家老掌柜提高放贷利息，是为了阻止村人借贷，便于有限的银子贷给急需借贷的人家。施主您呢？时时刻刻想到的是自己的利益……康家老掌柜跟张家掌柜一样，做生意靠诚信，并不是巧取豪夺，帮助他人也是真心实意的，并不是为了得到什么，他们对得起自己的良心。良心是什么？良心就是佛！你即使不来拜佛，但你只要对得起自己的良心，也一样能得到菩萨的保佑！"

"我心即佛……"周财主默念的同时，心里边一下子亮堂了。

三彩骆驼

这天，大黄冶一个姓张的商人拜访康百万，声称自己手头有点紧，想麻烦一下康百万，弄点银子花花。

康百万很爽快地答应了。他说："既是老乡，又是同行，谁也不敢保证谁也不用谁……说吧，您需要多少？"

张掌柜双手一抱拳："谢谢老掌柜的美意！不过，我这次不是借，我有一个祖传的唐三彩，想送给您。"

"唐三彩？好，好。"康百万兴奋得两眼放光。

康百万平时就爱好收集名人字画和古玩珍宝，因此不少人就投其所好，经常弄一些稀奇古怪的玩意来讨好他，当然，大部分都是一些赝品，真货并不多。其中有一些人是不识货，有一些人是故意为之，骗取钱财的。此刻，听说张掌柜手里有唐三彩，忍不住心里痒痒了。

说实话，康百万很喜欢唐三彩。这是因为唐三彩的精华都是巩县大黄冶、小黄冶烧制的，且唐三彩造型生动逼真、色泽艳丽，富有生活气息，显示出堂皇富丽的艺术魅力。唐三彩种类很多，有人物、动物、碗盘、水器、酒器、文具、家具、房屋，等等。普遍惹人喜爱的是马俑，有的扬足飞奔，有的徘徊伫立，有的引颈嘶鸣，均表现出栩栩如生的各种姿态。至于人物造型，根据人物的社会地位和等级，刻画出不同的性格和特征：贵妇面部丰圆，梳成各式发髻，穿着色彩鲜艳的服装，文官彬彬有礼，武士刚烈勇猛，胡俑高鼻深目，天王怒目威武……

看到康百万欢喜的样子，张掌柜忙把"三彩骆驼"从层层包着的包裹里拿出来。

康百万凑上前去，睁大眼睛仔细打量：但见这个"三彩骆驼"彩饰新颖细腻，釉色莹润鲜亮，骆驼背载丝绸，仰首嘶鸣，很容易使人联想起当年骆驼叮当漫步在"丝绸之路"上的情景。

康百万又拿起来端详了一番，盯着张掌柜问："张掌柜，这个唐三彩你打算要多少？"

"说实话，要不是等着用钱，我还舍不得出手呢。"张掌柜谦卑一笑，"老掌柜，您看着给几个得了，我哪敢跟您讨价还价啊？"

康百万放下三彩骆驼："既然你急着用钱，就说个数吧。"

"那、那就50两银子吧？"张掌柜一边说一边去察看康百万的脸色。

"好，50两。不巧的是，钱柜今天盘账，你把这个唐三彩留下，明天来取银子如何？"

张掌柜点头哈腰，千恩万谢。

送走张掌柜，大相公急不可耐地问康百万："老掌柜，今天钱柜没盘账啊？您的意思是说，您要再研究一下这个三彩骆驼，甄别一下真伪？"

康百万没有回答大相公的话，说道："你马上派人去打听一下这个张掌柜的底细。"

很快，小伙计把张掌柜的底细摸清了：张掌柜是搞长途贩运的，即收购土特产运到北方，然后换取当地的毛皮拉回来销售或兑换其他货物。上个月，他在途中被歹人劫了道，东西被抢走，他也差点送了命。他回来后，爹娘先后暴病身亡，把家里的一点积蓄也折腾光了。据说是准备东山再起，因为这个原因才把三彩骆驼给康家送来了。

大相公问康百万："老掌柜，这个三彩骆驼是不是真的？"

康百万用肯定的语气说道："是真的。他明天来时，给他100两银子。"之后吩咐大相公，要把这个三彩骆驼珍藏起来，不能让外人瞧见了，更不能出手。

这个三彩骆驼肯定价值连城。大相公心里琢磨。

半年后，小伙计荣华在宝洞里整理东西时，一不小心把那个三彩骆驼打碎了。

大相公吓得不轻，忙带着荣华诚惶诚恐地去向康百万请罪。

当时，荣华脸上冷汗直流，双腿直打哆嗦，站都站不稳。康百万说："别害怕，这个三彩骆驼是假的。"

在场的人都吃了一惊，随后都以为康百万是在为荣华开脱罪责，故意那样说的。康百万一向体恤下人，是个很有度量很有涵养的人，这一点人尽皆知。

这件事又被当作康百万的一个善举给传扬了出去。

有一天，那个张掌柜来了，提出要用100两银子换回那个三彩骆驼。他说："这个三彩骆驼是我家祖传的，我不能当不孝之子，不能让它在我手里失传了。"

"你这人怎么能这样，出尔反尔……"大相公急了。

康百万倒不急，变戏法似的拿出了那个三彩骆驼："张掌柜，君子不能夺人之爱，我现在就物归原主。"

那个张掌柜的脸色一下子变得很难看。他接过唐三彩，左看看右看看，扬手"砰"地一声摔到了地上，三彩骆驼顿时粉身碎骨。

等到众人醒过神来，张掌柜丢下100两银子已经走了。

现场静得可怕。大伙一律瞅着康百万，大气也不敢出。大相公轻声说道："老掌柜，您是说这个三彩骆驼是假的？"

康百万淡淡一笑，说了一句充满玄机的话："假作真时真亦假，真作假时假也真。真真假假难分解，假者自假真自真。"